西安交通大学少年班规划教材

# 中国诗歌与散文经典选读（上）
（第二版）

主编 ◎ 张晏　程滨

西安交通大学出版社

### 图书在版编目(CIP)数据

中国诗歌与散文经典选读.上/张晏,程滨主编.—2版
.—西安:西安交通大学出版社,2022.8(2024.8重印)
ISBN 978-7-5693-2659-8

Ⅰ.①中… Ⅱ.①张… ②程… Ⅲ.①诗集－中国
②散文集－中国 Ⅳ.①I211

中国版本图书馆 CIP 数据核字(2022)第 109935 号

| 书　　　名 | 中国诗歌与散文经典选读(上) |
| --- | --- |
| | ZHONGGUO SHIGE YU SANWEN JINGDIAN XUANDU SHANG |
| 主　　　编 | 张 晏 程 滨 |
| 责任编辑 | 赵怀瀛 |
| 责任校对 | 王建洪 |
| 封面设计 | 果 子 |
| 出版发行 | 西安交通大学出版社 |
| | (西安市兴庆南路1号　邮政编码 710048) |
| 网　　　址 | http://www.xjtupress.com |
| 电　　　话 | (029)82668357　82667874(市场营销中心) |
| | (029)82668315(总编办) |
| 传　　　真 | (029)82668280 |
| 印　　　刷 | 西安日报社印务中心 |
| 开　　　本 | 787mm×1092mm　1/16　印张 8.125　字数 200 千字 |
| 版次印次 | 2022 年 8 月第 1 版　2024 年 8 月第 3 次印刷 |
| 书　　　号 | ISBN 978-7-5693-2659-8 |
| 定　　　价 | 36.00 元 |

如发现印装质量问题,请与本社市场营销中心联系。
订购热线:(029)82665248　(029)82667874
投稿热线:(029)82668133
读者信箱:xj_rwjg@126.com

**版权所有　侵权必究**

# 总 序

  1985年对西安交通大学来说是值得铭记的年份。这一年,教育部正式批准学校开办少年班,学校积极响应邓小平同志的指示:"在人才的问题上,要特别强调一下,必须打破常规去发现、选拔和培养杰出的人才。"转眼间,少年班已走过了三十五年的办学历程,在破解"如何发现智力超常少年并因材施教"这一极具挑战性的难题上,西安交通大学先后的五位校长,艰难探索,矢志不渝,构建了一套适合中国国情且自主创新的少年班人才选拔和培养体系,培养了一批又一批少年英才。目前,少年班从初中应届毕业生中选拔招生,实行"预科—本科—硕士"的八年制贯通培养模式,其中,预科一年级在指定的四所优秀预科中学学习,预科二年级在大学学习,为期各一年。

  基础教育与高等教育的有机衔接一直是少年班探索和研究的重点,而教材作为知识衔接的重要载体,成为影响少年班教育质量的关键因素。为此,钱学森学院于2010年10月成立少年班教材编写小组,正式启动教材编写研究工作。全国首套少年班系列教材出版于2014年12月。来自大学及高中的近60名专家和一线教师参与其中,谨遵"因材施教、发掘潜能、注重创新、超常教育、培养英才"的指导思想,通过多次研讨、仔细斟酌、反复修订和严格审核,耗时四年有余,最终编写并出版了全国首套将"预科—本科"有机衔接的教材。这套教材包含六门课程,共22册,总计2550学时,828万字。这套教材自出版至今,使用效果良好。

  2018年,经过大量调研,钱学森学院制定了新版少年班培养方案,在新版培养方案的基础上规划修订数学、物理、化学、英语、语文等课程的教材,并于2020年启动少年班"十四五"规划教材的编写和出版工作。此版教材将力求实现"预科—本科"课程的无缝衔接,从知识体系、内容结构、案例设计、习题配套等方面对教材内涵和风格进行重新编撰和优化,同时注重拔尖学生的发展需求,体现新版少年班培养方案中"以兴趣为导向"的教育教学改革思想。

  愿此版教材可让更多关注少年班的有识之士受益。同时,我们也希望借此机会,号召大家集思广益,群策群力,共同为推动少年英才培养进程做出努力。

  是为序。

杨 森<br>
2020年8月10日

# 前 言

语文是语言和文字的合称,是最重要的交际工具。它是人类文化的重要组成部分,承载着博大精深、奥妙无穷的中华文化。2015年8月正式出版的西安交通大学少年班规划教材·语文系列教材之《中国诗歌与散文经典选读》,本着立德树人之目的,以"文学史为经,文选为纬",精选中国经典诗歌和散文,根据"阅读与鉴赏""表达与交流"两个方面的目标,让学生在阅读与表达活动中,体会其中蕴涵的中华民族精神,为其形成一定的传统文化底蕴奠定基础。本次修订,是为了配合教育部高中新版统一教材,调整了部分课文,注入了单元学习任务群的元素,更加侧重学生语文素养的培养和提高。

《中国诗歌与散文经典选读》适合于西安交通大学少年班预科一年级,分为上、下两册,由三个模块组成。

第一模块:诗歌与风雅情致。该模块由八个版块组成,共设计了《诗经》《离骚》选读、汉魏六朝诗选读、唐诗选读、宋诗选读、唐五代至南宋词选读、现代诗歌选读六个专题。

第二模块:文史与中国人的智性德操。该模块由十个版块组成,共设计了先秦诸子选读、政论文选读、史传文选读、唐宋八大家散文选读、魏晋唐宋序表辞赋选读、明清散文选读、现代散文选读七个专题。

第三模块:写作与独抒性灵。该模块由九个版块组成,共设计了相聚、印象、情怀、文体、逻辑五个专题。

其中,第一、二模块侧重于达成"阅读与鉴赏"方面的目标。在每一个版块选读内容安排上,分别由选文、注释、作家作品、研讨与练习和推荐书目五部分内容组成。其目的是:①在诵读原文的基础上,背诵一定数量的古代诗文名篇;②学习鉴赏诗歌、散文的基本方法,注意从不同角度和层面发现作品意蕴,充分调动自己的生活经验和知识积累,不断获得新的阅读体验,逐渐形成自己的批判与创新性思维;③学会灵活使用常用语文工具书,能利用多种媒体搜集和处理信息,并注重合作学习,养成互相切磋的习惯,乐于与他人交流自己的阅读鉴赏心得,展示自己的读书成果。

第三模块侧重于达成"表达与交流"方面的目标。其目的是：①学会多角度地观察生活，丰富生活经历和情感体验，能利用多种媒体搜集和处理信息，对自然、社会和人生有自己的感受和思考；②能考虑不同的目的要求，以负责的态度陈述自己的看法，表达真情实感，培育科学理性精神；③可以根据个人特长和兴趣，组织文学社团，展示自己的成果，力求有个性、有创意的表达和交流。

《中国诗歌与散文经典选读》（上）由西安交通大学附属中学张晏老师、天津市南开中学程滨老师主笔，《中国诗歌与散文经典选读》（下）由杭州高级中学赵贝琦老师、江苏省苏州中学孙晋诺老师主笔。由于编者水平有限，在编写的过程中，参考了大量的文献资料，同时多次向同行请教，这里，向所有提供帮助和关心的人们表示感谢。虽然在本次修订中力求以简统繁，几经易稿，但书中仍有不足，希望广大师生在阅读和使用的过程中提出中肯的建议，以便在后续的修订中改正。

编者<br>2022 年 7 月

# 目录

## 诗歌与风雅情致

**第一课　《诗经》《离骚》选读** ············································ (2)
　　芣苢 ·················································· 《诗经·周南》(2)
　　静女 ·················································· 《诗经·邶风》(3)
　　氓 ···················································· 《诗经·卫风》(3)
　　无衣 ·················································· 《诗经·秦风》(5)
　　离骚(节选) ················································· 屈原(6)

**第二课　汉魏六朝诗选读** ·················································· (12)
　　孔雀东南飞并序 ········································· 《玉台新咏》(12)
　　涉江采芙蓉 ············································ 《古诗十九首》(19)
　　短歌行 ····················································· 曹操(19)
　　归园田居(其一) ············································· 陶渊明(20)
　　拟行路难(其四) ·············································· 鲍照(21)

**第三课　唐诗选读(一)初唐盛唐** ············································ (24)
　　春江花月夜 ················································ 张若虚(24)
　　山居秋暝 ··················································· 王维(25)
　　蜀道难 ····················································· 李白(26)
　　梦游天姥吟留别 ·············································· 李白(27)
　　将进酒 ····················································· 李白(30)
　　燕歌行 ····················································· 高适(31)

**第四课　唐诗选读(二)中唐晚唐** ············································ (34)
　　蜀相 ······················································· 杜甫(34)
　　客至 ······················································· 杜甫(35)
　　登高 ······················································· 杜甫(35)
　　登岳阳楼 ··················································· 杜甫(36)

— 1 —

琵琶行并序 …………………………………… 白居易(36)
　　李凭箜篌引 …………………………………… 李贺(39)
　　锦瑟 …………………………………………… 李商隐(41)

第五课　宋诗选读 …………………………………… (44)
　　登快阁 ………………………………………… 黄庭坚(44)
　　临安春雨初霁 ………………………………… 陆游(45)
　　书愤 …………………………………………… 陆游(45)
　　插秧歌 ………………………………………… 杨万里(46)

第六课　唐五代北宋词选读 ………………………… (48)
　　菩萨蛮 ………………………………………… 温庭筠(48)
　　虞美人 ………………………………………… 李煜(49)
　　望海潮 ………………………………………… 柳永(49)
　　桂枝香·金陵怀古 …………………………… 王安石(50)
　　念奴娇·赤壁怀古 …………………………… 苏轼(51)
　　江城子·乙卯正月二十日夜记梦 …………… 苏轼(52)
　　鹊桥仙 ………………………………………… 秦观(53)
　　苏幕遮 ………………………………………… 周邦彦(53)

第七课　南宋词选读 ………………………………… (57)
　　声声慢 ………………………………………… 李清照(57)
　　念奴娇·过洞庭 ……………………………… 张孝祥(58)
　　永遇乐·京口北固亭怀古 …………………… 辛弃疾(58)
　　菩萨蛮·书江西造口壁 ……………………… 辛弃疾(59)
　　青玉案·元夕 ………………………………… 辛弃疾(60)
　　扬州慢 ………………………………………… 姜夔(61)
　　贺新郎·实之三和有忧边之语，走笔答之 … 刘克庄(62)

第八课　现代诗歌选读 ……………………………… (66)
　　沁园春·长沙 ………………………………… 毛泽东(66)
　　立在地球边上放号 …………………………… 郭沫若(67)
　　再别康桥 ……………………………………… 徐志摩(68)
　　红烛 …………………………………………… 闻一多(69)
　　大堰河——我的保姆 ………………………… 艾青(71)

## 写作与独抒性灵

第一课　本色与文采——相聚是缘 …………………………………………(77)

第二课　选材与立意——月是故乡明 ………………………………………(80)

第三课　素材与思路——西安印象 苏州印象 天津印象 杭州印象 …(83)

第四课　诗的情怀 ……………………………………………………………(87)

第五课　词的情怀 ……………………………………………………………(94)

第六课　辞赋情怀 ……………………………………………………………(99)

第七课　逻辑的力量 …………………………………………………………(102)

第八课　文体与文风——应用文写作 ………………………………………(107)

第九课　感受与思考——我的预科一年级 …………………………………(115)

# 诗歌与风雅情致

# 第一课

## 《诗经》《离骚》选读

### 芣苢[1]

#### 《诗经·周南》

采采芣苢[2],薄言采之[3]。采采芣苢,薄言有之[4]。
采采芣苢,薄言掇之[5]。采采芣苢,薄言捋之[6]。
采采芣苢,薄言袺之[7]。采采芣苢,薄言襭之[8]。

### 注释

[1][芣苢(fú yǐ)]《诗序》:"芣苢,后妃之美也。"或亦指为咏妇人采芣苢之诗。芣苢,草名,即车前草。苢,亦作"苡"。
[2][采采]茂盛的样子,众多貌。一说,采了又采。
[3][薄言采之]"薄""言"均为助词,无实义。采,采摘。
[4][有]藏,获得。
[5][掇(duō)]拾。
[6][捋(luō)]取。
[7][袺(jié)]提起衣襟兜住物品。
[8][襭(xié)]将衣襟掖在腰带上以兜住物品。

## 静女[1]

### 《诗经·邶风》

静女其姝[2]，俟我于城隅[3]。爱而不见[4]，搔首踟蹰[5]。
静女其娈[6]，贻我彤管[7]。彤管有炜[8]，说怿女美[9]。
自牧归荑[10]，洵美且异[11]。匪女之为美[12]，美人之贻。

### 注释

[1]【静女】《诗序》："静女，刺时也。"或指男女相悦之诗（按，朱熹《诗经集传》："此淫奔期会之诗也"）。静女，娴静的女子。

[2]【其姝】其，助词，附着于形容词前后，起加强形容的作用。姝(shū)，美丽。

[3]【俟我于城隅】俟，等待。城隅，城角。一说城上的角楼。

[4]【爱而不见】爱，通"薆"，隐藏。见，一说通"现"。

[5]【踟蹰(chí chú)】徘徊。

[6]【娈(luán)】美好。

[7]【贻我彤管】贻，赠送。彤管为何物，众说不一。一说，古代女史用以记事的杆身漆朱的笔，以红色表赤心公正。一说，指初生呈红色的管状草，即后文之"荑(tí)"。朱熹《诗经集传》："彤管，未详何物。盖相赠，以结殷勤之意耳。"

[8]【有炜(wěi)】有，助词，附着在动词、名词、形容词前，相当于词缀，无实际意义。炜，赤貌；又，有光辉。

[9]【说怿(yì)女美】说，通"悦"。怿，喜悦，喜爱。女，通"汝"。

[10]【自牧归荑(tí)】自，从。牧，郊外的远地。《尔雅》："邑外谓之郊，郊外谓之牧，牧外谓之野，野外谓之林，林外谓之坰。"又，旧说，"牧，田官也"。归，同"馈"，赠送。荑，茅草的嫩芽。

[11]【洵】诚然，实在。

[12]【匪女之为美】匪，通"非"。女，通"汝"，指荑。

## 氓

### 《诗经·卫风》

氓之蚩蚩[1]，抱布贸丝[2]。匪来贸丝[3]，来即我谋[4]。送子涉淇[5]，至于顿丘[6]。匪我愆期[7]，子无良媒。将子无怒[8]，秋以为期[9]。
乘彼垝垣[10]，以望复关[11]。不见复关，泣涕涟涟。既见复关，载笑载言[12]。尔卜尔筮[13]，体无咎言[14]。以尔车来[15]，以我贿迁[16]。

桑之未落，其叶沃若[17]。于嗟鸠兮[18]，无食桑葚[19]！于嗟女兮，无与士耽[20]！士之耽兮，犹可说也[21]。女之耽兮，不可说也！

桑之落矣，其黄而陨。自我徂尔[22]，三岁食贫。淇水汤汤[23]，渐车帷裳[24]。女也不爽[25]，士贰其行[26]。士也罔极[27]，二三其德[28]。

三岁为妇[29]，靡室劳矣[30]。夙兴夜寐[31]，靡有朝矣[32]。言既遂矣[33]，至于暴矣[34]。兄弟不知[35]，咥其笑矣[36]。静言思之[37]，躬自悼矣[38]。

及尔偕老[39]，老使我怨[40]。淇则有岸[41]，隰则有泮[42]。总角之宴[43]，言笑晏晏[44]。信誓旦旦[45]，不思其反[46]。反是不思[47]，亦已焉哉[48]！

## 注释

[1]［氓(méng)之蚩(chī)蚩］氓，古代称民(特指外来的)。蚩蚩，忠厚的样子。一说，通"嗤嗤"，笑嘻嘻的样子。

[2]［抱布贸丝］拿布来换丝。贸，交易。

[3]［匪］通"非"，不是。

[4]［来即我谋］到我这里商量婚事。即，就。

[5]［送子涉淇］子，你。涉，渡过。淇，水名，源出中国河南省淇山，流入卫河。

[6]［至于顿丘］至于，一直到。顿丘，现在河南境内。

[7]［愆(qiān)期］失约，误期。

[8]［将(qiāng)］愿，请。

[9]［秋以为期］把秋天作为会面(成婚)的时期。

[10]［乘彼垝(guǐ)垣(yuán)］乘，登上。垝，毁坏、倒塌。垣，墙。

[11]［复关］一说，复，返；关，在往来要道所设的关卡。一说，"复"是关名，复关是卫国的一个地方。

[12]［载(zài)］乃，于是（古文里常用来表示同时做两个动作）。

[13]［尔卜尔筮(shì)］卜，用火烧龟板以判吉凶叫作"卜"。筮，用蓍草的茎占卦叫作"筮"。

[14]［体无咎(jiù)言］体，卜筮的卦象。无咎言，无凶卦。

[15]［以尔车来］用你的车来（娶我）。

[16]［以我贿迁］拿上我的财物跟你走（嫁给你）。贿，财物，指嫁妆。

[17]［其叶沃若］它的（桑树的）叶子新鲜润泽。沃若，像水浸润过一样有光泽。以桑的茂盛时期比喻自己爱情婚姻生活美好的时期。

[18]［于(xū)嗟鸠兮］感叹词。于，通"吁"。鸠，斑鸠。

[19]［无食桑葚(shèn)］不要贪吃桑葚！传说斑鸠吃多了桑葚会昏醉。这句话比喻女子不要迷恋爱情。

[20]［无与士耽(dān)］不要同男子沉溺于爱情。耽，沉溺。

[21]［犹可说也］还可以脱身。说，通"脱"，解脱。

[22]［徂(cú)尔］嫁给你。徂，往。

[23]［汤(shāng)汤］水势浩大的样子。

［24］〔渐(jiān)车帷裳(cháng)〕(水花)打湿了车边的布幔。渐，溅湿，浸湿。帷裳，车两旁的布幔。

［25］〔女也不爽〕女子没什么过错。爽，过错，差错。

［26］〔士贰其行〕男子却有二心，他的行为前后不一致了。贰，不专一，有二心；行，行为，此处押韵读 háng。

［27］〔士也罔极〕罔，无。极，标准。

［28］〔二三其德〕德行反复无常，形容三心二意。

［29］〔三岁为妇〕多年来做你的妻子。三，虚指数量多。

［30］〔靡(mǐ)室劳矣〕家里的劳苦活儿没有不干的。靡，无，没有。

［31］〔夙兴夜寐〕早起晚睡。

［32］〔靡有朝矣〕没有一天(不是这样的)。朝，一朝，一日。

［33］〔言既遂矣〕(你的心愿)已经满足了。言，助词，无实义。既遂，生活既已过得顺心。

［34］〔至于暴矣〕就凶恶起来了。

［35］〔兄弟不知〕(我的)兄弟不了解(我的处境)。

［36］〔咥(xì)其笑矣〕讥笑我啊！咥，笑的样子。

［37］〔静言思之〕静下来想想这些。言，助词，无实义。

［38］〔躬自悼矣〕只有自己为自己伤心。躬，自身。悼，伤心。

［39］〔及尔偕老〕(当初曾相约)和你一同过到老。及，同。

［40］〔老使我怨〕真的老了(你又对我不好)，只是使我怨恨罢了。

［41］〔淇则有岸〕淇水(再宽)总有岸。

［42］〔隰(xí)则有泮(pàn)〕低湿的洼地(再大)也有边。意思是凡事都有边际，反衬男子的变化无常。隰，当作"湿"，低湿的地方。泮，通"畔"，边岸，水边。

［43］〔总角之宴〕少年时一起愉快地玩耍。古代男女未成年时结发成两角，叫总角，后来用"总角"代指少年时代。宴，快乐。

［44］〔言笑晏晏〕尽情地说笑。晏晏，和悦的样子。

［45］〔信誓旦旦〕信誓，表示诚信的誓言。旦旦，诚恳的样子。

［46］〔不思其反〕不曾想过你会违反誓言。

［47］〔反是不思〕你违背誓言，不念旧情。是，这，指誓言。一说，"是"为宾语前置标志。反是不思，即"不思反"。

［48］〔亦已焉哉〕那也就算了吧！已，止，了结。焉、哉，均为语气词。

# 无衣

## 《诗经·秦风》

岂曰无衣？与子同袍[1]。王于兴师[2]，修我戈矛，与子同仇。
岂曰无衣？与子同泽[3]。王于兴师，修我矛戟，与子偕作[4]。
岂曰无衣？与子同裳[5]。王于兴师，修我甲兵[6]，与子偕行。

## 注释

[1][袍]襺(jiǎn)也,丝绵的长衣服。
[2][王于兴师]王,周天子。于,句中助词。朱熹《诗经集传》:"以天子之命,而兴师也。"
[3][泽]同"襗(zé)",贴身的衣服。朱熹《诗经集传》:"泽,里衣也。以其亲肤近于垢泽,故谓之泽。"
[4][偕作]同起,共同行动。作,起。
[5][裳(cháng)]古人穿的遮蔽下体的衣裙,男女都穿,是裙的一种,不是裤子。
[6][甲兵]铠甲和兵器。

# 离骚[1]

## 屈原

帝高阳之苗裔兮[2],朕皇考曰伯庸[3]。摄提贞于孟陬兮[4],惟庚寅吾以降[5]。皇览揆余初度兮[6],肇锡余以嘉名[7]。名余曰正则兮[8],字余曰灵均[9]。纷吾既有此内美兮[10],又重之以修能[11]。扈江离与辟芷兮[12],纫秋兰以为佩[13]。汩余若将不及兮[14],恐年岁之不吾与[15]。朝搴阰之木兰兮[16],夕揽洲之宿莽[17]。日月忽其不淹兮[18],春与秋其代序[19]。惟草木之零落兮[20],恐美人之迟暮[21]。不抚壮而弃秽兮[22],何不改乎此度[23]?乘骐骥以驰骋兮[24],来吾道夫先路[25]!

……

长太息以掩涕兮[26],哀民生之多艰[27]。余虽好修姱以鞿羁兮[28],謇朝谇而夕替[29]。既替余以蕙纕兮[30],又申之以揽茝[31]。亦余心之所善兮,虽九死其犹未悔。怨灵修之浩荡兮[32],终不察夫民心[33]。众女嫉余之蛾眉兮[34],谣诼谓余以善淫[35]。固时俗之工巧兮[36],偭规矩而改错[37]。背绳墨以追曲兮[38],竞周容以为度[39]。忳郁邑余侘傺兮[40],吾独穷困乎此时也[41]。宁溘死以流亡兮[42],余不忍为此态也[43]!鸷鸟之不群兮[44],自前世而固然。何方圜之能周兮[45],夫孰异道而相安[46]?屈心而抑志兮,忍尤而攘诟[47]。伏清白以死直兮[48],固前圣之所厚[49]。

悔相道之不察兮[50],延伫乎吾将反[51]。回朕车以复路兮[52],及行迷之未远[53]。步余马于兰皋兮[54],驰椒丘且焉止息[55]。进不入以离尤兮[56],退将复修吾初服[57]。制芰荷以为衣兮[58],集芙蓉以为裳[59]。不吾知其亦已兮[60],苟余情其信芳[61]。高余冠之岌岌兮[62],长余佩之陆离[63]。芳与泽其杂糅兮[64],唯昭质其犹未亏[65]。忽反顾以游目兮[66],将往观乎四荒[67]。佩缤纷其繁饰兮[68],芳菲菲其弥章[69]。民生各有所乐兮[70],余独好修以为常[71]。虽体解吾犹未变兮[72],岂余心之可惩[73]?

# 第一课 《诗经》《离骚》选读

### 注释

[1]选自《楚辞补注》。离骚,洪兴祖《楚辞补注》:"王逸《楚辞章句》曰:'《离骚经》者,屈原之所作也……屈原执履忠贞而被谗衺,忧心烦乱,不知所诉,乃作《离骚经》。离,别也。骚,愁也。经,径也。言己放逐离别,中心愁思,犹依道径,以风谏君也。'太史公曰:'离骚者,犹离忧也。'班孟坚曰:'离,犹遭也,明己遭忧作辞也。'颜师古云:'忧动曰骚。'余(洪兴祖)按:'古人引《离骚》未有言经者,盖后世之士祖述其词,尊之为经耳,非屈原意也。逸(东汉王逸)说非是。'"按,离当遭遇解,同"罹"。

[2][帝高阳之苗裔兮]我是古帝颛顼的后代子孙。高阳,上古帝王颛顼(Zhuān Xū),五帝之一。相传为黄帝之孙,辅佐少昊,20岁即帝位。最初建国于高阳,故号高阳氏。建都于帝丘(今河南省濮阳县),在位78年。苗裔,后代子孙,也作"苗末""苗绪""苗胤"。

[3][朕皇考曰伯庸]我先父名为伯庸。朕,我,我的,中国秦始皇时起专用作皇帝自称。皇考,对亡父的尊称(如《离骚》),也作对亡祖的尊称(如《诗经·周颂·雝》:"假哉皇考,绥予孝子")。

[4][摄提贞于孟陬(zōu)兮]正当寅年寅月。摄提,"摄提格"的简称,即寅年。摄提格,岁阴名,古代岁星纪年法中的十二辰之一,相当于干支纪年法中的寅年。贞,当,正当。孟陬,孟春正月。正月为陬,又为孟春月,故称。

[5][惟庚寅吾以降]庚寅日我降生了。降,降生。按,旧读如洪(乎攻反)。

[6][皇览揆(kuí)余初度兮]先父审察衡量我初生时的情况。皇,"皇考"的简称。览,审察。揆,度(duó),揣测。初度,出生年时,后称人的生日。

[7][肇锡余以嘉名]一出生就赐给我美名。肇,开始。锡,通"赐",赐给。嘉名,好名字。

[8][名余曰正则兮]名,给……命名。《楚辞章句》:"正,平也。则,法也。"

[9][字余曰灵均]字,给……取字。灵均,屈原之字。后引申为词章之士。王逸注《离骚》曰:"灵,神也。均,调也。言正平可法则者,莫过于天;养物均调者,莫神于地。"《文选》五臣注曰:"灵,善也。均亦平也。言能正法则,善平理。"

[10][纷吾既有此内美兮]我既有众多美好的内在品德。纷,盛,众多。内美,内在的美好德性。

[11][又重之以修能]又加上美好的容态。重,加。修能,美好的容态,一说卓越的才能。修,美。能,一说通"态"。

[12][扈(hù)江离与辟芷兮]扈,楚方言,披。江离,一作"江蓠",香草名。辟芷,幽僻处生长的白芷。辟,通"僻"。芷,香草名。

[13][纫秋兰以为佩]纫,连缀,连接。佩,配饰。《楚辞章句》:"佩,饰也,所以象德。故行清洁者佩芳,德仁明者佩玉,能解结者佩觿,能决疑者佩玦,故孔子无所不佩也。言己修身清洁,乃取江离、辟芷,以为衣被;纫索秋兰,以为佩饰;博采众善,以自约束也。"

[14][汨(yù)余若将不及兮]汨,水流迅疾的样子,比喻时间如流水。

[15][不吾与]"不与吾"之倒装,不等待我。《楚辞章句》:"言我念年命汨然流去,诚欲辅君,心中汲汲,常若不及。又恐年岁忽过,不与我相待,而身老耄也。"

[16][朝搴(qiān)阰(pí)之木兰兮]搴,拔取。阰,古中国楚地山名,一说为大土坡。木兰,

一种香木。

[17][夕揽洲之宿莽]揽,采摘。洲,水中可居者曰洲。宿莽,草冬生不死者,楚人名曰宿莽。莽,旧读mǔ,《唐韵古音》:"莫补切。"木兰、宿莽,比喻坚贞的品德。朝搴、夕揽,比喻早晚勤勉修德。《楚辞章句》:"言己旦起升山采木兰,上事太阳,承天度(周天的度数)也;夕入洲泽采取宿莽,下奉太阴,顺地数也。动以神祇自敕诲也。木兰去皮不死,宿莽遇冬不枯,以喻谗人虽欲困己,己受天性,终不可变易也。"

[18][日月忽其不淹兮]忽,迅速。淹,久,久留。

[19][代序]代,更代;序,次序。代序,递相更代。

[20][惟草木之零落兮]惟,思考,念及。《楚辞章句》:"零落皆堕也。草曰零,木曰落。"

[21][恐美人之迟暮]《楚辞章句》:"迟,晚也。美人谓怀王也。人君服饰美好,故言美人也。言天时运转,春生秋杀,草木零落,岁复尽矣。而君不建立道德,举用贤能,则年老耄晚暮,而功不成,事不遂也。"

[22][不抚壮而弃秽兮]何不趁壮年除去邪恶污秽之物。《文选》无"不"字。五臣注:"抚,持也。言持盛壮之年,废弃道德,用谗邪之言,为秽恶之行。"(按,五臣注是按没有"不"字的版本解释的)。

[23][何不改乎此度]何不改变现行的法度。《楚辞章句》:"言愿君务及年德盛壮之时,修明政教,弃远谗佞,无令害贤,改此惑谬之度,修先王之法也。"

[24][乘骐骥以驰骋兮]《楚辞章句》:"骐骥,骏马也,以喻贤智。言乘骏马一日可致千里,以言任贤智则可成于治也。"

[25][来吾道夫先路]我愿为前驱。道,同"导",引导。先路,前路,指先王之道。《楚辞章句》:"路,道也。言己如得任用,将驱先行,愿来随我,遂为君导入圣王之道也。"

[26][长太息以掩涕兮]太息,大声叹息。掩涕,掩面而泣。

[27][哀民生之多艰]民生,人生。《楚辞章句》:"艰,难也。言己自伤施行不合于世,将效彭咸自沉于渊,乃太息长悲,哀念万民,受命而生,遭遇多难,以陨其身也。"

[28][余虽好(hào)修姱(kuā)以鞿(jī)羁兮]我虽然崇尚美德而约束自己。修姱,洁美。鞿羁,马缰绳和络头,比喻束缚。

[29][謇(jiǎn)朝谇(suì)而夕替](然而)早上进谏,晚上及遭贬黜。謇,楚地方言,助词无实义。谇,进谏。替,废弃。

[30][既替余以蕙纕(xiāng)兮]既因为我以香蕙作佩带而贬黜我。蕙,俗称佩兰,一种香草。纕,佩带。

[31][又申之以揽茝(chǎi)]又因为我采摘白芷为饰而给我加上罪名。茝,白芷。申,重复。

[32][怨灵修之浩荡兮]灵修,指楚怀王。浩荡,荒唐。《楚辞章句》:"浩犹浩浩,荡犹荡荡,无思虑貌也。"《文选》五臣注:"浩荡,法度坏貌。言我怨君法度废坏,终不察众人悲苦。"

[33][民心]屈原自己的心。一说指人心。

[34][众女嫉余之蛾眉兮]众小人嫉妒我秀美的蛾眉。蛾眉,美人细长而弯曲的眉毛,如蚕蛾的触须,故称为"蛾眉",比喻美好的品德。

[35][谣诼(zhuó)谓余以善淫]以好做淫邪之事来诽谤我。《楚辞章句》:"言众女嫉妒蛾眉美好之人,谮(zèn)而毁之,谓之美而淫,不可信也。犹众臣嫉妒忠正,言己淫邪不可任用也。"

[36][固时俗之工巧兮]本来世俗就善于取巧。时俗，当时流行的习俗。

[37][偭(miǎn)规矩而改错]违背规矩而任意改变正常的措施。偭，背。规矩，画方圆的工具。圆曰规，方曰矩，比喻法度、礼法。错，同"措"。五臣注："错，置也。"《说文解字》："措者，置也。"

[38][背绳墨以追曲兮]违背准绳而追求邪曲。绳墨，木工打直线的工具。

[39][竞周容以为度]竞相将迎合讨好作为法度。周容，迎合讨好。

[40][忳(tún)郁邑余侘傺(chà chì)兮]忧愁烦闷，我又失意。忳，忧郁烦闷。郁邑，郁闷忧愁的样子，也作"壹郁""郁挹"。侘傺，失志的样子。

[41][吾独穷困乎此时也]独有我在此时走投无路。穷困，境遇艰难。

[42][宁溘(kè)死以流亡兮]宁，宁可。溘死，忽然死去。流亡，随流水而逝。

[43][余不忍为此态也]我不忍心作出这种丑态。此态，指迎合讨好的姿态。

[44][鸷(zhì)鸟之不群兮]猛禽不与凡鸟同群。鸷鸟，凶猛的鸟，如鹰、雕、枭等。

[45][何方圜(yuán)之能周兮]为何方枘(ruì)圆凿却能相合。宋玉《九辩》："圆凿而方枘兮，吾固知其钼铻(即'龃龉')而难入。"意思是说，方榫头和圆卯眼，两下合不起来，形容格格不入。圜，同"圆"。周，合。

[46][夫孰异道而相安]为何道不同却能泰然相安？孰，何。

[47][忍尤而攘(rǎng)诟(gòu)]忍受指责，容忍辱骂。尤，罪过。攘，容忍。

[48][伏清白以死直兮]保持清白而为正道献身。伏，同"服"，保持。死，为……而死。

[49][固前圣之所厚]本来就是古代圣贤所推崇的。

[50][悔相(xiàng)道之不察兮]后悔观察道路时没有看清。相，视。察，审，看得清，看得仔细。

[51][延伫(zhù)乎吾将反]久久伫立，我要返回。延，长，久。伫，立。反，同"返"。

[52][回朕车以复路兮]回转我的车子，返回原路。

[53][及行迷之未远]趁着走入迷路还不算太远。

[54][步余马于兰皋兮]让我的马在长着兰草的水边慢慢行走。步，徐行。皋，泽曲，水边之地。

[55][驰椒丘且焉止息](让我的马)疾驰到生长着椒树的山冈，在那里暂时休息。椒丘，一说尖削的高丘，一说生有椒木的丘陵。《楚辞章句》："土高四堕曰椒丘。"《文选》五臣注："椒丘，丘上有椒也。"焉，在那里。

[56][进不入以离尤兮]入朝为官不被接纳，遭受指责。进，入仕。不入，不为君王所接纳。离，同"罹"，遭受。

[57][退将复修吾初服]退隐而要重新整理我当初的衣服。初服，未入仕时的服装，与"朝服"相对，比喻原先的志向。

[58][制芰(jì)荷以为衣兮]用菱叶荷叶制作上衣。芰，菱。

[59][集芙蓉以为裳]连缀荷花作下裙。上曰衣，下曰裳。

[60][不吾知其亦已兮]不了解我那就算了吧。不吾知，"不知吾"的倒装。

[61][苟余情其信芳]只要我的内心确实是美好的。苟，如果，只要。信，确实。

[62][高余冠之岌(jí)岌兮]加高我高高的帽子。之，定语后置标志。

[63][长余佩之陆离]加长我长长的佩带。陆离，修长的样子。《楚辞章句》："言已怀德不用，复高我之冠，长我之佩，尊其威仪，整其服饰，以异于众人之服。"屈原《涉江》："带长铗之陆离兮，冠切云之崔嵬。"

[64][芳与泽其杂糅兮]芳香与润泽交织在一起。《楚辞章句》："芳，德之臭（xiù）也。泽，质之润也，玉坚而有润泽。"《楚辞补注》："言我外有芬芳之德，内有玉泽之质，二美杂会，兼在于己，而不得施用，故独保明其身，无有亏歇而已。所谓道行则兼善天下，不用则独善其身。"

[65][唯昭质其犹未亏]我光明纯洁的品质没有减损。昭，明。

[66][游目]目光随意观览。

[67][将往观乎四荒]《楚辞章句》："荒，远也。言己欲进忠信，以辅事君，而不见省，故忽然反顾而去，将遂游目，往观四远之外，以求贤君也。"四荒，四方荒远之地。

[68][佩缤纷其繁饰兮]佩戴缤纷多彩的饰物。缤纷，盛貌。繁，众也。

[69][芳菲菲其弥章]香气浓烈更加显著。菲菲，犹勃勃，芳香貌。章，同"彰"。

[70][民生各有所乐兮]人生各有各的爱好。

[71][余独好修以为常]我独爱美好，并且以之为常态。《楚辞章句》："言万民禀天命而生，各有所乐。或乐谄佞，或乐贪淫，我独好修正直，以为常行也。"

[72][虽体解吾犹未变兮]即使被肢解，我仍然不会改变。体解，古代分解肢体的酷刑。

[73][岂余心之可惩]难道我的心会因此停止（向善）？《楚辞章句》："惩，艾也。"又，艾，停止、断绝，如"方兴未艾"。

## 作家作品

《诗经》是中国文学史上最古老的一部诗歌总集，相传孔子参加过编订。《诗经》收入自西周初年至春秋中叶大约五百多年（公元前11世纪至公元前6世纪）的诗歌305篇（另有6篇佚诗，只存篇名，共311篇）。先秦称为《诗》，或取其整数称"诗三百"。西汉时被尊为儒家经典，始称《诗经》，并沿用至今。《诗经》共有风、雅、颂三个部分。其中"风"包括十五"国风"，有诗160篇；"雅"分"大雅""小雅"，有诗105篇；"颂"分"周颂""鲁颂""商颂"，有诗40篇。《诗经》在篇章结构上多采用重章叠句的形式，其主要表现手法有3种，通常称为赋、比、兴。风、雅、颂、赋、比、兴合称"六义"。

屈原（约公元前340—前278年），名平，字原，战国时期楚国人，曾任左徒、三闾大夫。屈原对内主张举贤任能、改革时政，对外主张联齐抗秦，遭到保守势力的陷害和打击，曾两次被放逐。屈原的主要作品有《离骚》《九章》《九歌》《天问》等。屈原创立的"楚辞"文体在中国文学史上独树一帜，与《诗经》并称"风骚"二体，对后世诗歌创作产生了积极的影响。

《楚辞》是我国第一部浪漫主义诗歌总集，为西汉刘向所编纂。其中以屈原和宋玉的作品最受瞩目。《楚辞》运用楚地（今两湖一带）的文学样式、方言声韵，叙写楚地的山川人物、历史风情，具有浓厚的地方特色，也被称为"楚辞体"或"骚体"。

## 研讨与练习

(1)《诗经》是中华民族的元典,至今仍有研究的价值。两千多年来对《诗经》的研究形成了《诗经》学。请课外阅读《诗经》,自选角度(比如文化学的视角、原型批评的视角、比较文学的视角、新的伦理学视角等),自拟论题,写一篇小论文。期待着同学们有新的发展与突破。

(2)阅读下面两段文字,简述《离骚》的主要创作手法。

司马迁《史记·屈原贾生列传》:"屈平疾王听之不聪也,谗谄之蔽明也,邪曲之害公也,方正之不容也,故忧愁幽思而作《离骚》。'离骚'者,犹离忧也。夫天者,人之始也;父母者,人之本也。人穷则反本,故劳苦倦极,未尝不呼天也;疾痛惨怛,未尝不呼父母也。屈平正道直行,竭忠尽智,以事其君,谗人间之,可谓穷矣。信而见疑,忠而被谤,能无怨乎?屈平之作《离骚》,盖自怨生也。国风好色而不淫,小雅怨诽而不乱。若《离骚》者,可谓兼之矣。上称帝喾,下道齐桓,中述汤、武,以刺世事。明道德之广崇,治乱之条贯,靡不毕见。其文约,其辞微,其志洁,其行廉。其称文小而其指极大,举类迩而见义远。其志洁,故其称物芳;其行廉,故死而不容。自疏濯淖污泥之中,蝉蜕于浊秽,以浮游尘埃之外,不获世之滋垢,皭(jiào)然泥而不滓者也。推此志也,虽与日月争光可也。"

汉王逸《楚辞章句·离骚经·序》:"《离骚》之文,依《诗》取兴,引类譬谕。故善鸟香草以配忠贞,恶禽臭物以比谗佞。灵修美人以媲于君,宓妃佚女以譬贤臣,虬龙鸾凤以托君子,飘风云霓以为小人。其词温而雅,其义皎而朗。凡百君子莫不慕其清高,嘉其文采,哀其不遇,而愍其志焉。"

背诵《氓》《静女》《无衣》全诗,以及《离骚》第三段。

## 推荐书目

1.《诗经》

(1)关于战争和劳役的作品推荐,如《邶风·击鼓》《卫风·伯兮》《王风·君子于役》《豳风·东山》《豳风·破斧》《小雅·杕杜》《小雅·何草不黄》等。

(2)关于恋爱和婚姻的作品推荐,如《周南·关雎》《周南·汉广》《召南·野有死麕》《邶风·谷风》《王风·采葛》《郑风·将仲子》《唐风·葛生》《陈风·月出》等。

2.《诗大序》

3.朱熹《诗经集传》

4.闻一多《诗经研究》

5.屈原《九歌·东皇太一》《九歌·湘君》《九歌·河伯》《九章·涉江》《九章·橘颂》《天问》

6.司马迁《史记·屈原贾生列传》

# 第二课

## 汉魏六朝诗选读

### 孔雀东南飞[1]并序

《玉台新咏》

【序】汉末建安中[2]，庐江府小吏[3]焦仲卿妻刘氏，为仲卿母所遣[4]，自誓不嫁。其家逼之，乃投水而死。仲卿闻之，亦自缢[5]于庭树。时人伤之，为诗云尔[6]。

孔雀东南飞，五里一徘徊[7]。

"十三能织素[8]，十四学裁衣，十五弹箜篌[9]，十六诵诗书[10]。十七为君妇，心中常苦悲。君既为府吏，守节[11]情不移，贱妾[12]留空房，相见常日稀。鸡鸣入机织，夜夜不得息。三日断[13]五匹，大人故嫌迟[14]。非为织作[15]迟，君家妇难为！妾不堪驱使，徒留无所施[16]，便可白公姥[17]，及时相遣归[18]。"

府吏得闻之，堂上启[19]阿母："儿已薄禄相[20]，幸复得此妇，结发同枕席，黄泉共为友[21]。共事二三年，始尔未为久[22]，女行无偏斜，何意致不厚[23]？"

阿母谓府吏："何乃太区区[24]！此妇无礼节，举动自专由[25]。吾意久怀忿[26]，汝岂得自由[27]！东家[28]有贤女，自名秦罗敷[29]，可怜体无比[30]，阿母为汝求。便可速遣之，遣去慎莫留！"

府吏长跪告："伏惟[31]启阿母，今若遣此妇，终老不复取！"

阿母得闻之，槌床[32]便大怒："小子无所畏，何敢助妇语！吾已失恩义，会不相从许！"

府吏默无声，再拜还入户，举言谓新妇[33]，哽咽不能语："我自不驱卿[34]，逼迫有阿母。卿但暂还家，吾今且报府[35]。不久当归还，还必相迎取[36]。以此下心意[37]，慎勿违吾语。"

新妇谓府吏："勿复重纷纭[38]。往昔初阳[39]岁，谢家[40]来贵门。奉事循[41]公姥，进止敢自专？昼夜勤作息[42]，伶俜[43]萦苦辛。谓言[44]无罪过，供养卒[45]大恩；仍更被驱遣，何言复来还！妾有绣腰襦[46]，葳蕤[47]自生光；红罗复斗帐[48]，四角垂香囊；箱帘[49]六七十，绿碧青丝绳，物物各自异，种种在其中。人贱物亦鄙，不足迎后人[50]，留待作遗施[51]，于今无会因[52]。时时为安慰，久久莫相忘！"

鸡鸣外欲曙，新妇起严妆[53]。著我绣夹裙，事事四五通[54]。足下蹑丝履，头上玳瑁光[55]。腰若流纨素，耳著明月珰[56]。指如削葱根[57]，口如含朱丹[58]。纤纤作细步，精妙世无双。

上堂拜阿母,阿母怒不止。"昔作女儿时,生小出野里[59]。本自无教训,兼愧贵家子[60]。受母钱帛[61]多,不堪母驱使。今日还家去,念[62]母劳家里。"却[63]与小姑别,泪落连珠子。"新妇初来时,小姑始扶床[64];今日被驱遣,小姑如我长[65]。勤心养公姥,好自相扶将[66]。初七及下九[67],嬉戏莫相忘。"出门登车去,涕落百余行。

府吏马在前,新妇车在后。隐隐何甸甸[68],俱会大道口。下马入车中,低头共耳语:"誓不相隔[69]卿,且暂还家去;吾今且赴府,不久当还归。誓天不相负!"

新妇谓府吏:"感君区区[70]怀!君既若见录[71],不久望君来。君当作磐石[72],妾当作蒲苇[73],蒲苇纫[74]如丝,磐石无转移。我有亲父兄[75],性行[76]暴如雷,恐不任我意,逆[77]以煎我怀。"举手长劳劳[78],二情同依依。

入门上家堂,进退无颜仪[79]。阿母大拊掌[80],不图[81]子自归:"十三教汝织,十四能裁衣,十五弹箜篌,十六知礼仪,十七遣汝嫁,谓言无誓违[82]。汝今何罪过,不迎而自归?"兰芝惭[83]阿母:"儿实无罪过。"阿母大悲摧[84]。

还家十余日,县令遣媒来。云有第三郎[85],窈窕世无双。年始十八九,便言多令才[86]。阿母谓阿女:"汝可去应之[87]。"

阿女含泪答:"兰芝初还时,府吏见丁宁[88],结誓不别离。今日违情义,恐此事非奇[89]。自可断来信,徐徐更谓之[90]。"

阿母白媒人:"贫贱有此女,始适还家门[91]。不堪[92]吏人妇,岂合令郎君?幸[93]可广问讯,不得便相许。"媒人去数日,寻[94]遣丞请还,说有兰家女,承籍有宦官。云有第五郎,娇逸[95]未有婚。遣丞为媒人,主簿通语言[96]。直说太守家,有此令郎君,既欲结大义[97],故遣来贵门。

阿母谢媒人:"女子先有誓,老姥岂敢言!"

阿兄得闻之,怅然心中烦。举言谓阿妹:"作计何不量[98]!先嫁得府吏,后嫁得郎君,否泰[99]如天地,足以荣汝身。不嫁义郎体[100],其往[101]欲何云?"

兰芝仰头答:"理实如兄言。谢家事夫婿,中道还兄门。处分适兄意,那得自任专!虽与府吏要[102],渠[103]会永无缘。登即相许和,便可作婚姻。"

媒人下床去[104],诺诺复尔尔[105]。还部[106]白府君[107]:"下官奉使命,言谈大有缘[108]。"府君得闻之,心中大欢喜。视历复开书,便利此月内[109],六合[110]正相应[111]。良吉[112]三十日,今已二十七,卿可去成婚[113]。交语速装束,络绎如浮云[114]。青雀白鹄舫,四角龙子幡[115]。婀娜随风转,金车玉作轮。踯躅青骢马[116],流苏金镂鞍。赍钱[117]三百万,皆用青丝穿。杂彩[118]三百匹,交广市鲑珍[119]。从人[120]四五百,郁郁[121]登郡门。

阿母谓阿女:"适[122]得府君书,明日来迎汝。何不作衣裳?莫令事不举[123]!"

阿女默无声,手巾掩口啼,泪落便如泻。移我琉璃榻,出置前窗下。左手持刀尺,右手执绫罗。朝成绣夹裙,晚成单罗衫。晻晻[124]日欲暝[125],愁思出门啼。

府吏闻此变,因求假暂归。未至二三里,摧藏马悲哀[126]。新妇识马声,蹑履相逢迎[127]。怅然遥相望,知是故人来。举手拍马鞍,嗟叹使心伤:"自君别我后,人事不可量[128]。果不如先愿,又非君所详[129]。我有亲父母[130],逼迫兼弟兄[131]。以我应他人,君还何所望!"

府吏谓新妇:"贺卿得高迁!磐石方且厚,可以卒千年;蒲苇一时纫,便作旦夕间[132]。卿当日胜贵[133],吾独向黄泉!"

新妇谓府吏:"何意出此言!同是被逼迫,君尔妾亦然[134]。黄泉下相见,勿违今日言!"执手分道去,各各还家门。生人[135]作死别,恨恨那可论[136]?念与世间辞,千万不复全[137]!

府吏还家去,上堂拜阿母:"今日大风寒,寒风摧树木,严霜结庭兰。儿今日冥冥[138],令母在后单。故作不良计[139],勿复怨鬼神!命如南山石,四体[140]康且直[141]!"

阿母得闻之,零泪应声落:"汝是大家子[142],仕宦于台阁[143]。慎勿为妇死,贵贱情何薄[144]!东家有贤女,窈窕艳城郭[145],阿母为汝求,便复在旦夕。"

府吏再拜还,长叹空房中,作计乃尔立[146]。转头向户里,渐见愁煎迫。其日牛马嘶,新妇入青庐[147]。奄奄[148]黄昏[149]后,寂寂人定[150]初。"我命绝今日,魂去尸长留!"揽裙脱丝履,举身赴清池。

府吏闻此事,心知长别离。徘徊庭树下,自挂东南枝。

两家求合葬,合葬华山[151]傍。东西植松柏,左右种梧桐。枝枝相覆盖,叶叶相交通[152]。中有双飞鸟,自名为鸳鸯。仰头相向鸣,夜夜达五更。行人驻足听,寡妇起彷徨。多谢[153]后世人,戒之慎[154]勿忘!

## 注释

[1]选自南朝陈徐陵《玉台新咏》。

[2][建安]汉献帝年号(196—220年)。

[3][庐江府小吏]庐江,汉郡名,在现在安徽潜山一带。庐江太守衙门里的小官吏。

[4][遣]指被夫家休弃回母家。

[5][缢(yì)]吊死。

[6][时人伤之,为诗云尔]时人,当时的人。为诗,写诗。云尔,句末的语气助词。

[7][孔雀东南飞]孔雀向东南飞。五里一徘徊,每飞五里,就流连一阵。汉代诗歌常以鸿鹄徘徊比喻夫妇离别。

[8][素]白色的细绢。织素丝较织其他丝织品难度要大。

[9][箜(kōng)篌(hóu)]古代的一种弦乐器。

[10][诗书]古代常指《诗经》和《尚书》,这里泛指一般经书。

[11][守节]指府吏坚守为吏的本分。

[12][贱妾]旧时妇女谦卑的自称。

[13][断]织成一匹截下来。

[14][大人故嫌迟]大人,家长,这里指婆婆。故,仍旧。

[15][织作]织布劳作。

[16][妾不堪驱使,徒留无所施]不堪,不能胜任,忍受不了。驱使,使唤。徒留无所施,白白地留着也没有什么用。施,用。

[17][便可白公姥]你就可以禀告婆婆。白,告诉、禀告。公姥,公婆,这里是偏义复指,专指婆婆。

[18][相遣归]休弃回母家。相,指向动作单方,这里指"自己"这方。

[19][启]告诉,禀告。

[20][薄禄相]少福相。禄,福相。

[21][结发同枕席,黄泉共为友]结发,古时候人到了一定的年龄,才把头发结起来,算是到

了成年,可以结婚了。黄泉,地下,指死后,阴间。这句指刚成年时我们便成同床共枕的恩爱夫妻,并希望同生共死,到黄泉也相伴为伍。

[22][共事二三年,始尔未为久]共事,这里是共同生活的意思。始尔,(婚姻生活)才开始。尔,语气助词。

[23][女行无偏斜,何意致不厚]这个女子的行为并没有什么不正当,哪里想到会招来(母亲)不满意呢?何意,谁能料到。偏斜,指行为不端正。致,招致、招来。

[24][区区]愚拙,没见识。

[25][举动自专由]一举一动完全凭(她)自己的意思。

[26][吾意久怀忿]我早就憋了一肚子气。忿,怒。

[27][自由]由自己作主,不受限制和束缚。

[28][东家]泛指邻近人家。

[29][秦罗敷]"秦"是古诗中美女常用的姓。"罗敷"是古代美女的通名。

[30][可怜体无比]可怜,可爱。体,体态、姿态。

[31][伏惟]念及,想到。伏,敬辞。

[32][槌床]用拳头敲着坐具。槌,通"捶"。床,古代坐具。

[33][举言谓新妇]举言,开口讲话。新妇,当时对年轻妇女的泛称。下文中"新妇初来时,小姑扶抬床"里的"新妇"是年轻妇女对夫家的长辈或平辈的自称。

[34][卿]对同辈或下属的爱称。这里是丈夫对妻子的爱称。

[35][报府]赴府,到庐江太守府里去办事。

[36][迎取]迎接你回家。

[37][以此下心意]以此,为了这个。下心意,有耐心受委屈的意思。下,这里是使动用法,即下意,屈意相从。

[38][纷纭]引申为多话、多事。

[39][初阳]古谓冬至一阳始生,因以冬至至立春以前的一段时间为初阳。

[40][谢家]辞别母家。

[41][循]顺从,顺着。

[42][勤作息]勤劳地工作。作息,指日出而作、日入而息,这里是偏义复指,偏指"作",指起早贪黑地劳动。

[43][伶俜(pīng)]孤单的样子。

[44][谓言]以为。

[45][卒]尽,终。

[46][绣腰襦(rú)]绣花的齐腰短袄。

[47][葳(wēi)蕤(ruí)]形容花纹艳丽。

[48][复斗帐]双层斗帐。复,双层。斗帐,帐子像倒置的斗的样子,所以叫作"斗帐"。

[49][箱帘(lián)]箱奁。帘,通"奁",女子梳妆用的镜匣。

[50][后人]指府吏将来再娶的妻子。

[51][遗(wèi)施]赠送、施与,也指馈送施舍的钱物。

[52][因]机会。

[53][严妆]整妆,仔细地梳妆打扮。

[54][通]遍,量词。
[55][足下蹑丝履,头上玳瑁光]脚上穿着绸鞋,头上戴着闪闪发光的玳瑁首饰。蹑,踩,这里指穿(鞋)。
[56][腰若流纨素,耳著(zhuó)明月珰(dāng)]腰束纨素的带子光彩像水流一样晃动,耳朵上戴着珍珠耳坠。纨素,洁白精致的细绢。著,戴。珰,耳坠。
[57][葱根]葱白。
[58][朱丹]朱砂。
[59][生小出野里]从小生长在乡间。
[60][兼愧贵家子]同您家少爷结婚更感到惭愧。
[61][钱帛]金钱和丝织品,指聘礼。
[62][念]惦念。
[63][却]动词,退出来,指上堂回来。
[64][始扶床]刚能扶着坐具走。这是夸张写法,极言时光飞快。
[65][长]长高。
[66][扶将]扶持。
[67][初七及下九]七月七日和每月的十九日。初七,指农历七月七日,旧时妇女在这天晚上乞巧。下九,古人以农历每月的二十九为上九,初九为中九,十九为下九。在汉代,每月十九日是妇女欢聚的日子。
[68][隐隐何甸甸]隐隐、甸甸,皆模拟车声。何,何等,多么。
[69][隔]隔绝。
[70][区区]这里是情义真挚的意思,与上文"何乃太区区"的"区区"不同。
[71][君既若见录]你既然如此记着我。见录,"见"用在动词前,表示对自己怎么样。下文的"见丁宁"用法同此。录,记取。
[72][磐石]厚而大的石头。
[73][蒲苇]植物名。蒲,香蒲。苇,芦苇。
[74][纫]通"韧",柔软而坚固。
[75][亲父兄]同胞兄长。父兄,这里是偏义复指,专指兄长。
[76][性行]本性与行为。
[77][逆]逆料,想到将来。
[78][举手长劳劳]举手告别,惆怅不止。劳劳,忧伤。
[79][颜仪]脸面。
[80][大拊(fǔ)掌]大拍巴掌,表示惊诧。
[81][不图]不料。
[82][谓言无誓违]总以为你不会有什么过失。誓,似应作"愆(qiān)"。愆,古"愆"字,过失的意思。
[83][惭]愧对、惭愧。
[84][悲摧]悲伤。
[85][第三郎]县令家第三个儿子。
[86][便(pián)言多令才]口才很好,又多才能。便,言辞敏捷。令,美好。

[87][应之]答应他。
[88][丁宁]嘱咐,也作"叮咛"。
[89][非奇]不大合适,不宜。
[90][自可断来信,徐徐更谓之]可以回绝来做媒的人,以后慢慢再谈吧。断,回绝。信,来使,指媒人。
[91][始适还家门]始,刚。适,出嫁。还家门,被休回娘家。
[92][堪]胜任。
[93][幸]希望。
[94][寻]不久。
[95][娇逸]美貌超群。逸,通"轶",超越。
[96][遣丞为媒人,主簿通语言]请郡丞去做媒人,(这是)主簿传达(太守)的话。主簿,太守的属官。
[97][结大义]指结为婚姻。
[98][作计何不量](你)打这样的主意多么缺乏考虑啊!量,思量、考虑。
[99][否(pǐ)泰]好坏。否,代表厄运或逆境。泰,代表好运或顺境。
[100][义郎体]好郎君。体,指人品。
[101][其往]其后,将来。
[102][要(yāo)]相约。
[103][渠]他。
[104][下床去]从座位上起来走了。
[105][诺诺复尔尔]连声说"是,是,好,好"。
[106][还部]回到府里。部,府衙。
[107][府君]指太守。
[108][言谈大有缘]说起(这门亲事),他们(两人)大有缘分。
[109][视历复开书,便利此月内]翻看历书,婚期定在这个月内就很吉利。
[110][六合]指结婚选好日子,要年、月、日的干支(干,天干,指甲、乙、丙、丁等;支,地支,指子、丑、寅、卯等;年、月、日的干支合起来共六个字,例如甲子年、乙丑月、丙寅日)都相适合,这叫"六合"。
[111][相应]相合,合适。
[112][良吉]"良辰吉日"的省称。
[113][卿可去成婚]这是太守叫郡丞去刘家订好结婚日期。
[114][交语速装束,络绎如浮云]大家纷纷相传"赶快收拾、准备吧",人来人往,像天上的浮云一样接连不断。交语,互相告语。
[115][龙子幡]旗帜名。
[116][踯(zhí)躅(zhú)青骢马]毛色青白相杂的马缓缓地走。
[117][赍(jī)钱]付钱,指付聘礼。赍,把东西送给别人。
[118][杂彩]各色绸子。
[119][交广市鲑(xié)珍]从交州、广州(现在广东、广西一带)买山珍海味。鲑,这里是鱼类菜肴的总称。珍,美味。

[120]〔从人〕仆人。

[121]〔郁郁〕繁盛、盛多。

[122]〔适〕刚才。

[123]〔不举〕办不起来。

[124]〔晻(yǎn)晻〕日落昏暗的样子。

[125]〔暝(míng)〕日落、天黑。

[126]〔摧藏(zàng)〕内心伤痛。藏，就是"脏"，脏腑。一说，摧藏就是"悽怆"。

[127]〔相逢迎〕迎接他。"逢"与"迎"同义，迎接。相，代他。

[128]〔不可量〕料想不到。

[129]〔详〕详知。

[130]〔父母〕这里是偏义复指，专指母亲。

[131]〔弟兄〕这里是偏义复指，专指兄长。

[132]〔便作旦夕间〕就只能保持很短的时间。

[133]〔日胜贵〕一天比一天显贵。

[134]〔君尔妾亦然〕尔，这样。亦然，也这样。

[135]〔生人〕活着的人。

[136]〔恨恨那可论〕心里的愤恨哪里说得尽呢？恨恨，抱恨不已。

[137]〔念与世间辞，千万不复全〕想到他们将要永远离开人世，无论如何不能再保全了。这两句和前面两句，都是作者的话。千万，表示坚决的语气。

[138]〔儿今日冥冥〕你的儿子从今将不久于人世。

[139]〔故作不良计〕我是有意作这不好的打算(指自杀)。故，故意。

[140]〔四体〕四肢，指身体。

[141]〔直〕伸展，舒展，意思是身子骨硬朗。

[142]〔大家子〕大户人家子弟。

[143]〔台阁〕原指尚书台，这里泛指大的官府。

[144]〔贵贱情何薄〕(你和她)贵贱不同，(离弃了她)哪里就算薄情呢！贵，指仲卿。贱，指兰芝。何薄，何薄之有。

[145]〔郭〕外城。

[146]〔作计及尔立〕(自杀的)主意就这样打定了。乃尔，就这样。

[147]〔青庐〕古代习俗，迎亲时婆家在大门内外用青布幔搭起帐篷，称为青庐，在此交拜成亲。

[148]〔奄奄〕与"晻晻"同。

[149]〔黄昏〕十二时辰之一，是戌(xū)时(相当于现在的19时至21时)。

[150]〔人定〕亥时(相当于现在的21时点至23时)，这里指夜深人静的时候。

[151]〔华山〕庐江境内的一座小山。

[152]〔交通〕连接。

[153]〔多谢〕嘱咐。谢，告诉。

[154]〔慎〕与"勿""毋""莫"等连用表示禁戒，相当于"务必""千万"等。

## 涉江采芙蓉[1]

### 《古诗十九首》

涉江采芙蓉,兰泽多芳草[2]。
采之欲遗谁[3]?所思在远道[4]。
还顾望旧乡[5],长路漫浩浩[6]。
同心而离居[7],忧伤以终老[8]。

**注释**

[1]《涉江采芙蓉》选自梁萧统《文选》。芙蓉,荷花。
[2][兰泽]生有兰草的沼泽地。
[3][遗(wèi)]赠。
[4][所思在远道]所思,思念的人。远道,犹言"远方"。
[5][还顾]回头看。
[6][漫浩浩]形容路途遥远无尽头,无边无际。
[7][同心而离居]同心,志同道合、情投意合。离居,散处、分居。
[8][终老]终身到老。

## 短歌行[1]

### 曹操

对酒当歌,人生几何[2]!譬如朝露,去日苦多[3]。
慨当以慷[4],忧思难忘[5]。何以解忧?唯有杜康[6]。
青青子衿,悠悠我心[7]。但为君故,沉吟至今[8]。
呦呦鹿鸣,食野之苹[9]。我有嘉宾,鼓瑟吹笙。
明明如月,何时可掇[10]?忧从中来,不可断绝。
越陌度阡[11],枉用相存[12]。契阔谈䜩[13],心念旧恩。
月明星稀[14],乌鹊南飞[15]。绕树三匝[16],何枝可依?
山不厌高,海不厌深[17]。周公吐哺,天下归心[18]。

## 注释

[1] 选自梁萧统《文选》。

[2] [几何]多少。

[3] [去日苦多]过去的日子太多了。苦,甚、很。

[4] [慨当以慷]与"慷慨"意思相同,"当以"无实际意义。慷慨,感叹。

[5] [忘]旧读平声。

[6] [杜康]传说中酒的发明者,后作为美酒代称。

[7] [青青子衿,悠悠我心]《诗经·郑风·子衿》中的原句。原写姑娘思念情人,这里比喻渴望得到有才学的人。子,您。衿,衣领。青衿,青色交领的长衫,古代学子的衣服,借指学子。悠悠,思念貌、忧思貌。

[8] [沉吟]沉思吟咏。

[9] [呦(yōu)呦鹿鸣,食野之苹]鹿叫声。苹,艾蒿。鹿得苹草相呼而食,为下文鼓瑟吹笙以待嘉宾起兴。"呦呦鹿鸣"四句为《诗经·小雅·鹿鸣之什》的原句。

[10] [掇(duō)]拾取,采取。《文选》李善注:"言月不可掇,由(犹如)忧之不可绝也。"

[11] [越陌度阡]穿过纵横交错的小路。陌,田间东西方向的路。阡,田间南北方向的路。

[12] [枉用相存]屈驾来访。用,以。存,问候、怀念。

[13] [契(qiè)阔谈䜩]久别重逢。《毛诗注疏》:"契,本亦作挈,同苦结反。"阔,别。谈,畅谈。䜩,通"宴"。

[14] [稀]少。

[15] [乌鹊]乌鸦和喜鹊。乌鹊一词也有偏指乌鸦或偏指喜鹊的意思。

[16] [匝(zā)]周、圈。

[17] [山不厌高,海不厌深]厌,满足。这里是借用《管子·形解》中的话,原文是"海不辞水,故能成其大;山不辞土,故能成其高;明主不厌人,故能成其众",意思是表示希望尽可能多地接纳人才。

[18] [吐哺(bǔ)]吐出嘴里食物。《史记·鲁周公世家》载:"周公戒伯禽曰:'我文王之子,武王之弟,成王之叔父。我于天下亦不贱矣。然我一沐三握发,一饭三吐哺,起以待士,犹恐失天下之贤人。'"此处借用这个典故表示自己像周公一样热切殷勤地接待贤才,使天下的人才都心悦诚服地归附。

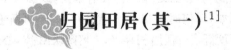

# 归园田居(其一)[1]

## 陶渊明

少无适俗韵[2],性本爱丘山。
误落尘网中[3],一去三十年[4]。
羁鸟恋旧林[5],池鱼思故渊。

开荒南野际[6],守拙归园田[7]。
方宅十余亩,草屋八九间。
榆柳荫后檐[8],桃李罗堂前。
暧暧远人村[9],依依墟里烟[10]。
狗吠深巷中,鸡鸣桑树颠。
户庭无尘杂[11],虚室有余闲[12]。
久在樊笼里[13],复得返自然[14]。

## 注释

[1]选自《陶渊明集》。

[2][少无适俗韵]适俗,适应世俗。韵,风度、风致、情趣、意味。

[3][尘网]尘世。旧谓人在世间受到种种束缚,如鱼在网,故称尘网。这里指仕途。

[4][一去三十年]按,一说"三十"当作"十三"。《风雅翼》卷五:"'三'当作'喻',或在'十'字之下。按《靖节年谱》:'太元十八年起为州祭酒。'时年二十有九。正合《饮酒》诗'投来去学仕,是时向立年'之句。以此推之,至彭泽退归才十三年。此云'三十',误矣。"

[5][羁鸟]笼中之鸟。

[6][际]间。

[7][守拙]安于愚拙,不学巧伪,不争名利。潘岳《闲居赋序》有"巧官""拙官"二词,"巧官"即善于钻营,"拙官"即一些守正不阿的人。

[8][荫(yìn)]遮蔽。

[9][暧暧]迷蒙隐约的样子。

[10][依依墟里烟]依依,依稀隐约貌。墟,村落。里,居住的地方。

[11][户庭无尘杂]户庭,门庭。尘杂,人世间的繁杂琐事。

[12][虚室]空室。《庄子·人间世》:"虚室生白。"司马彪注:"室比喻心,心能空虚,则纯白独生也。"《淮南子·俶真训》:"是故虚室生白,吉祥止也。"高诱注:"虚,心也;室,身也;白,道也。能虚其心以生于道,道性无欲,吉祥来止舍也。"虚室生白,谓人能清虚无欲,则道心自生。

[13][樊笼]关鸟兽的笼子,比喻受束缚不自由的境地。这里比喻仕途。

[14][自然]天然,非人为的。《老子》:"人法地,地法天,天法道,道法自然。"不勉强,不受拘束。

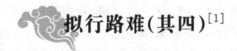

# 拟行路难(其四)[1]

## 鲍照

泻水置平地,各自东西南北流。
人生亦有命,安能行叹复坐愁!

酌酒以自宽[2]，举杯断绝歌《路难》[3]。
心非木石岂无感？吞声踯躅不敢言[4]。

## 注释

[1]《行路难》，乐府杂曲歌辞名，多写世路艰难和离情别意。原为民间歌谣，后经文人拟作，采入乐府。以南朝宋鲍照《拟行路难》十九首及唐李白《行路难》三首最为著名。

[2][自宽]自己安慰自己。《列子·天瑞》："贫者，士之常也。死者，人之终也。处常得终，当何忧哉。孔子曰：'善乎，能自宽者也。'"

[3][路难]指《行路难》。本句谓举杯自饮，因而中断了歌唱《行路难》。

[4][踯(zhí)躅(zhú)]徘徊不前。

## 作家作品

《孔雀东南飞》目前最早见于南朝陈徐陵（507—583年）编纂的《玉台新咏》一书，题为《为焦仲卿妻作》。后来北宋人郭茂倩编纂的《乐府诗集》又将其收入，在卷八"杂曲歌辞"中，题为《焦仲卿妻》。现今一般取此诗的首句作为篇名。《孔雀东南飞》是我国文学史上第一部长篇叙事诗，与北朝的《木兰诗》并称"乐府双璧"。后又把《孔雀东南飞》《木兰诗》与唐代韦庄的《秦妇吟》并称为"乐府三绝"。

《古诗十九首》是一组诗的名字，它不是一时一人所作，也不是一个有机的组诗。"古诗"的原意是古代人所作的诗。约在魏末晋初，流传着一批魏晋以前文人所作的五言诗，既无题目，也不知作者，其中大多是抒情诗，具有独特的表现手法和艺术风格，被统称为"古诗"。梁陈以后，它与两汉乐府歌辞并称，专指汉代无名氏所作的五言诗，并且发展为泛指具有"古诗"艺术特点的一种诗体，这批"古诗"被奉为五言诗的一种典范，刘勰《文心雕龙》评价其为"五言之冠冕"，钟嵘在《诗品》中评价《古诗十九首》"天衣无缝，一字千金"。

曹操（155—220年），字孟德，小字阿瞒，沛国谯县（今安徽亳州）人，东汉末年著名的军事家、政治家和诗人，三国时代魏国的奠基人和主要缔造者。其子曹丕称帝后，追尊他为魏武帝。曹操精通音律，能文善诗，其文章风格清峻，简约严明；诗歌继承汉乐府民歌"缘事而发"的现实主义精神，对后来的新乐府诗有很大的启示。其诗作开启并繁荣了建安文学，给后人留下了宝贵的精神财富，史称建安风骨，鲁迅评价其为"改造文章的祖师"。在书法方面，曹操尤工章草，雄逸绝伦，唐朝张怀瓘在《书断》中评其为汉末章草五大家之一。

陶渊明（约365—427年），字元亮（又一说名潜，字渊明），私谥靖节，浔阳柴桑（今江西九江）人，东晋末期南朝宋初期诗人、辞赋家、散文家。陶渊明曾做过彭泽令等小官，后辞官回家，从此隐居。田园生活是陶渊明诗的主要题材，相关作品有《饮酒》《归园田居》《桃花源记》《五柳先生传》《归去来兮辞》《桃花源诗》等。陶渊明深受后世文人推崇，欧阳修甚至认为"两晋无文章，幸独有《归去来兮辞》一篇耳"。他在中国诗歌史上享有崇高的地位。朱光潜先生认为：可以和他比拟的，前只有屈原，后只有杜甫。《归园田居》共五首，课本里选的是第一首，从内容上看，它带有开篇和总括的性质。《冷斋夜话》曰："东坡尝云：渊明诗初视若散缓，熟视有奇趣。

如曰:'暧暧远人村,依依墟里烟。狗吠深巷中,鸡鸣桑树颠。'又曰:'采菊东篱下,悠然见南山。'大率才高意远,则所寓得其妙,遂能如此,如大匠运斤,无斧凿痕。不知者则疲精力,至死不悟。"

鲍照(416？—466年),字明远,祖籍东海(山东郯城),唐人或避武则天讳而作"鲍昭",曾出任刘子顼前军参军,故世称"鲍参军"。泰始二年(466年),刘子顼因起兵反宋明帝刘彧失败被杀时,鲍照于乱军中遇害。鲍照在游仙、游山、赠别、咏史、拟古、字谜、联句等方面均有佳作留世,也有人认为鲍诗为梁陈宫体诗的先导或滥觞。他与北周庾信并称"鲍庾",与颜延之、谢灵运并称"元嘉三大家"。

## 研讨与练习

(1)有人认为《孔雀东南飞》所叙述的爱情悲剧故事是由于刘兰芝不会妥协造成的,也有人认为是焦仲卿性格软弱造成的。你认为这场爱情悲剧产生的原因是什么？阐述你的理由。

(2)关于《涉江采芙蓉》这首诗,有人认为抒情主人公是男性,"涉江"者和"还顾"者都是该男子;也有人认为抒情主人公是女性,"涉江"者是女子,"还顾"者则是"所思"的男子。你怎么看？

(3)《短歌行》里"忧"字出现多次,你认为作者"忧"的分别是什么？从文中找出对应的诗句分析。你认为这首诗的情调是怎样变化的？

(4)阅读陶渊明的《归园田居》五首,探究作者是如何从辞官场、聚亲朋、乐农事、访故旧、欢夜饮几个侧面描绘了丰富充实的隐居生活,并表现其质性自然、乐在其中的情趣的。

(5)多阅读几首鲍照的《拟行路难》,试着谈谈这组诗对李白《行路难》的影响。

(6)背诵《涉江采芙蓉》《短歌行》《归园田居(其一)》。

## 推荐书目

1. 郭茂倩《乐府诗集》

推荐篇目:《东门行》《燕歌行》《陇西行》《陌上桑》《妇病行》《白头吟》《枯鱼过河泣》《十五从军征》《饮马长城窟行》等。

2.《文选·古诗十九首》

推荐篇目:《行行重行行》《青青河畔草》《西北有高楼》《明月皎夜光》《冉冉孤生竹》《庭中有奇树》《驱车上东门》《客从远方来》等。

3.《曹操集》

推荐篇目:《蒿里行》《气出唱》《度关山》《薤露行》《对酒》《却东西门行》《苦寒行》等。

4.《陶渊明集》

推荐篇目:《归园田居》(其二至五)、《形影神》(三首)、《乞食》、《怨诗楚调示庞主簿邓治中》、《饮酒》(二十首)。

5. 沈德潜(编)《古诗源》

# 第三课

## 唐诗选读(一)初唐盛唐

### 春江花月夜[1]

张若虚

春江潮水连海平,海上明月共潮生[2]。
滟滟[3]随波千万里,何处春江无月明。
江流宛转绕芳甸,月照花林皆似霰[4]。
空里流霜不觉飞,汀上白沙看不见[5]。
江天一色无纤尘[6],皎皎空中孤月轮。
江畔何人初[7]见月?江月何年初照人?
人生代代无穷已[8],江月年年望相似。
不知江月待何人,但[9]见长江送流水。
白云一片去悠悠,青枫浦上不胜愁[10]。
谁家今夜扁舟子?何处相思明月楼[11]?
可怜楼上月徘徊,应照离人妆镜台[12]。
玉户帘中卷不去,捣衣砧上拂还来[13]。
此时相望不相闻,愿逐月华流照君[14]。
鸿雁长飞光不度,鱼龙潜跃水成文[15]。
昨夜闲潭[16]梦落花,可怜春半不还家。
江水流春去欲尽,江潭落月复西斜[17]。
斜月沉沉藏海雾,碣石潇湘无限路[18]。
不知乘月几人归,落月摇情满江树[19]。

### 注释

[1]选自《全唐诗》。
[2][生]起。
[3][滟(yàn)滟]水中波光闪烁荡漾的样子。
[4][江流宛转绕芳甸(diàn),月照花林皆似霰(xiàn)]芳甸,芳草丰茂的原野。甸,郊外之

地。霰,天空中降落的小冰粒。江水曲曲折折地绕着花草丛生的原野流淌,月光照射着开遍鲜花的树林,好像细密的雪珠在闪烁。

[5][空里流霜不觉飞,汀(tīng)上白沙看不见]流霜,飞霜,古人以为霜和雪一样,是从空中落下来的,所以叫流霜。在这里比喻月光。汀,水边的平地。月色如霜,所以飞霜无从觉察。洲上的白沙和月色融合在一起,看不分明。

[6][纤(xiān)尘]微尘。

[7][初]开始,第一个。

[8][穷已]穷尽,终了。

[9][但]只。

[10][青枫浦上不胜愁]青枫浦,地名,今湖南浏阳市境内有青枫浦。这里泛指游子所在的地方。浦上,水边。胜(旧读 shēng),能承担,能承受。站在离别的青枫浦上不胜忧愁。

[11][谁家今夜扁(piān)舟子?何处相思明月楼]扁舟子,乘坐小船的人,指飘荡江湖的游子。明月楼,月夜下的闺楼,这里指闺中思妇。哪家的游子今晚坐着小船漂流?什么地方有人在明月照耀的楼上相思?

[12][可怜楼上月徘徊,应照离人妆镜台]月徘徊,月光移动。离人,此处指思妇。可怜楼上不停移动的月光,应该照着离人的梳妆台。

[13][玉户帘中卷不去,捣衣砧(zhēn)上拂还来]玉户,形容楼阁华丽,以玉石镶嵌。捣衣,古时衣服常由纨素一类织物制作,质地较为硬挺,须先置石上以杵反复舂捣,使之柔软,称为"捣衣",后亦泛指捶洗。砧,捶、砸或切东西的时候,垫在底下的器具。月光照进思妇的门帘,卷不走,照在她的捣衣砧上,拂不掉。

[14][愿逐月华流照君]逐,追随。月华,月光。我希望随着月光流去照耀着你。

[15][文]同"纹"。

[16][闲潭]幽静的水潭。

[17][斜]押韵读作 xiá。

[18][碣(jié)石潇湘]泛指天南地北。碣石,山名,在河北省昌黎县北。碣石山余脉的柱状石亦称碣石,该石自汉末起已逐渐沉没海中。潇湘,湘江与潇水的并称,多借指今湖南地区。

[19][不知乘月几人归,落月摇情满江树]乘月,趁着月光。摇情,摇荡情思,犹言牵情。不知有几人能趁着月光回家,唯有那西落的月亮摇荡着离情,洒满了江边的树林。

## 山居秋暝[1]

### 王维

空山新雨后,天气晚来秋[2]。
明月松间照,清泉石上流。
竹喧归浣女[3],莲动下渔舟。
随意春芳歇[4],王孙自可留[5]。

[1]选自《王右丞集笺注》。《旧唐书·王维传》:"晚年长斋,不衣文彩。得宋之问蓝田别

墅,在辋口,辋水周于堂下,别涨竹洲花坞,与道友裴迪浮舟往来,弹琴赋诗,啸咏终日。尝聚其田园所为诗,号《辋川集》。"

[2][晚来秋]谓空山雨后,天气如秋。

[3][竹喧归浣女]王维《辋川集·序》:"余别业在辋川山谷,其游止有孟城坳、华子冈、文杏馆、斤竹岭、鹿柴、木兰柴、茱萸沜(通'泮')、宫槐陌、临湖亭、南垞、欹湖、柳浪、栾家濑、金屑泉、白石滩、北垞、竹里馆、辛夷坞、漆园、椒园等,与裴迪闲暇,各赋绝句云尔。"这里指竹林中少女喧笑洗衣归来。

[4][春芳歇]《文选》刘铄《拟明月何皎皎》:"屡见流芳歇。"春日的芬芳消歇。

[5][王孙自可留]《楚辞》刘安《招隐士》:"王孙游兮不归,春草生兮萋萋。"王孙自可以久留。

# 蜀道难[1]

## 李白

噫吁嚱!危乎高哉[2]!蜀道之难,难于上青天。蚕丛及鱼凫[3],开国何茫然。尔来四万八千岁[4],不与秦塞通人烟[5]。西当太白有鸟道[6],可以横绝峨眉巅[7]。地崩山摧壮士死[8],然后天梯石栈相钩连。上有六龙回日之高标[9],下有冲波逆折之回川[10]。黄鹤之飞尚不得过,猿猱欲度愁攀援[11]。青泥何盘盘[12]!百步九折萦岩峦。扪参历井仰胁息[13],以手抚膺坐长叹[14]。

问君西游何时还?畏途巉岩不可攀[15]。但见悲鸟号古木,雄飞雌从绕林间[16]。又闻子规啼夜月,愁空山[17]。蜀道之难,难于上青天!使人听此凋朱颜[18]。连峰去天不盈尺[19],枯松倒挂倚绝壁。飞湍瀑流争喧豗[20],砯崖转石万壑雷[21]。其险也如此[22],嗟尔远道之人胡为乎来哉[23]?

剑阁峥嵘而崔嵬[24],一夫当关,万夫莫开[25]。所守或匪亲[26],化为狼与豺。朝避猛虎,夕避长蛇[27]。磨牙吮血,杀人如麻。锦城虽云乐[28],不如早还家。蜀道之难,难于上青天,侧身西望长咨嗟[29]。

---

## 注释

[1]选自清王琦《李太白集注》卷三。

[2][噫吁嚱!危乎高哉]噫吁嚱,蜀方言,表示惊讶的声音。宋祁《宋景文公笔记》卷上:"蜀人见物惊异,辄曰'噫吁嚱'。"危,高。

[3][蚕丛及鱼凫(fú)]蚕丛、鱼凫,传说中古蜀国两位国王的名字。

[4][尔来四万八千岁]尔来,从那时以来。四万八千岁,极言时间之漫长。

[5][不与秦塞通人烟]不,一作"乃"。秦塞,秦国所建的要塞。

[6][西当(dāng)太白有鸟道]西对太白山。当,对。鸟道,只有鸟才能飞越的路,比喻狭窄陡峻的山间小道。

[7][横绝]横越。

[8][地崩山摧壮士死]指的是"五丁开山"的故事。《华阳国志·蜀志》:"秦惠王知蜀王好色,许嫁五女于蜀。蜀遣五丁迎之。还到梓潼,见一大蛇入穴中。一人揽其尾掣之,不禁,至五人相助,大呼拽蛇,山崩时压杀五人及秦五女并将从,而山分为五岭。"摧,倒塌。

[9][六龙回日之高标]相传太阳神乘车,羲和驾六龙而驶之。此指高标阻住了六龙,只得回车。高标,泛指高耸特立之物。王琦注:"高标,是指蜀山之最高而为一方之标识者言也。吕延济注以为高树之枝,恐非。"此句一作"上有横河断海之浮云"。

[10][下有冲波逆折之回川]冲波,激流。逆折,水流回旋貌。回川,回旋的河流。

[11][猱(náo)]古书上说的一种猴。

[12][青泥何盘盘]青泥,青泥岭,在今甘肃徽县南,陕西略阳县北。盘盘,曲折回绕貌。

[13][扪参(shēn)历井仰胁息]参、井,皆星宿名,分别为蜀秦分野。谓自秦入蜀途中,山势高峻,可以摸到参、井两星宿。后因以"扪参历井"形容山势高峻,道路险阻。扪,摸。历,经过。仰,仰视、抬头。胁息,缩敛气息。

[14][以手抚膺(yīng)坐长叹]膺,胸。坐,徒、空。叹,押韵旧读平声。

[15][畏途巉(chán)岩不可攀]畏途,险恶可怕的路径。巉岩,险峻的山岩。

[16][雌从]一作"从雌"。

[17][又闻子规啼夜月,愁空山]子规,杜鹃的别名。此句断句一作"又闻子规啼,夜月愁空山。"

[18][凋朱颜]脸变得没有血色。

[19][连峰去天不盈尺]去,距离。盈,满。此句一作"连峰入烟几千尺"。

[20][喧豗(huī)]水流轰响声。

[21][砯(pīng)崖]水击岩石之声。王琦注:"砯,音烹。"

[22][如]一作"若"。

[23][胡为]为什么。

[24][剑阁]剑阁县,位于四川盆地北缘,地处川、陕、甘三省结合部,守剑门天险。

[25][万夫]一作"万人"。张载《剑阁铭》:"一人荷戟,万夫趑趄。"

[26][所守或匪亲]所守,守卫的人。匪,通"非"。亲,亲信。亲,一作"人"(非人,不是适当的人选)。

[27][化为狼与豺。朝避猛虎,夕避长蛇]狼、豺、猛虎、长蛇,皆喻作乱之徒。

[28][锦城虽云乐]锦城,锦官城的省称,故址在今四川成都南。成都旧有大城、少城。少城古为掌织锦官员之官署,因称"锦官城",后用作成都的别称。云,语气助词。

[29][长咨嗟]咨嗟、叹息。

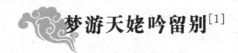

## 梦游天姥吟留别[1]

### 李白

海客谈瀛洲[2],烟涛微茫信难求[3];越人语天姥[4],云霞明灭或可睹[5]。天姥连天向天横[6],势拔五岳掩赤城[7]。天台四万八千丈[8],对此欲倒东南倾[9]。

我欲因之梦吴越[10],一夜飞度镜湖月[11]。湖月照我影,送我至剡溪[12]。谢公宿处今尚在[13],渌水荡漾清猿啼[14]。脚著谢公屐[15],身登青云梯[16]。半壁见海日[17],空中闻天鸡[18]。千岩万转路不定,迷花倚石忽已暝[19]。熊咆龙吟殷岩泉[20],栗深林兮惊层巅[21]。云青青兮欲雨[22],水澹澹兮生烟[23]。列缺霹雳[24],丘峦崩摧[25]。洞天石扉[26],訇然中开[27]。青冥浩荡不见底[28],日月照耀金银台[29]。霓为衣兮风为马[30],云之君兮纷纷而来下[31]。虎鼓瑟兮鸾回车[32],仙之人兮列如麻[33]。忽魂悸以魄动,怳惊起而长嗟[34]。惟觉时之枕席[35],失向来之烟霞[36]。

世间行乐亦如此,古来万事东流水[37]。别君去兮何时还[38]?且放白鹿青崖间[39],须行即骑访名山[40]。安能摧眉折腰事权贵[41],使我不得开心颜?

### 注释

[1] 选自清王琦《李太白集注》卷十五。唐玄宗天宝三年(744年),李白在长安受到权贵的排挤,被放出京。第二年,他在东鲁(今山东),将南游吴越,写了这首描绘梦中游历天姥山的诗,留给在东鲁的朋友,所以也题作《梦游天姥山别东鲁诸公》。天姥(mǔ)山,在浙江省嵊州市与新昌县之间。《太平寰宇记·江南东道八·越州》:"天姥山在县南八十里……《后吴录》云:'剡县有天姥山,传云登者闻天姥歌谣之响。'"

[2] [海客谈瀛洲]海客,航海者、海商。瀛洲,传说中的仙山。《列子·汤问》:"渤海之东,不知几亿万里……其中有五山焉,一曰岱舆,二曰员峤,三曰方壶,四曰瀛洲,五曰蓬莱……所居之人,皆仙圣之种。"《史记·秦始皇本纪》:"齐人徐市等上书,言海中有三神山,名蓬莱、方丈、瀛洲,仙人居之。"

[3] [烟涛微茫信难求]烟涛,烟波。微茫,迷漫而模糊。信,确实。

[4] [越人语天姥]越人,指浙江省东部一带的人。语,一作"道"。

[5] [云霞明灭或可睹]明灭,忽明忽暗。或,一作"安"。

[6] [向天横]遮住天空。横,遮断。

[7] [势拔五岳掩赤城]山势高过五岳,遮掩了赤城。拔,超出、超越。五岳,东岳泰山、西岳华山、中岳嵩山、北岳恒山、南岳衡山。赤城,和下文的"天台(tāi)"都是山名,在今浙江天台县北部。赤城为天台山的南门,土色皆赤。

[8] [四]王琦注:"当作'一'。"

[9] [对此欲倒东南倾]对着(天姥)这座山,天台山就好像要拜倒在它的东南面一样。意思是天台山和天姥山相比,就显得低了。欲,一作"绝"。

[10] [我欲因之梦吴越]因,依据。之,指海客之言。因之,一作"冥搜"。

[11] [镜湖]鉴湖,在浙江绍兴城北镜湖新区。

[12] [剡(shàn)溪]水名,在浙江嵊州市南面。

[13] [谢公]南朝诗人谢灵运。谢灵运喜欢游山,他游天姥时,曾宿剡溪。

[14] [渌(lù)水荡漾清猿啼]渌水,清水。清,凄清,形容猿叫声。

[15] [脚著(zhuó)谢公屐(jī)]著,穿。谢公屐,一种前后齿可装卸的木屐。原为谢灵运游山时所穿,故称。事见《宋书·谢灵运传》:"寻山陟岭,必造幽峻,岩嶂千重,莫不备尽。登蹑常著木屐,上山则去其前齿,下山去其后齿。"《南史·谢灵运传》引此作"木履"。

[16][青云梯]上天的阶梯,多指高峻入云的山路。

[17][半壁见海日]半山腰看到从海上升起的太阳。

[18][天鸡]神话中天上的鸡。南朝梁任昉《述异记》卷下:"东南有桃都山,上有大树,名曰'桃都',枝相去三千里。上有天鸡,日初出,照此木,天鸡则鸣,天下鸡皆随之鸣。"

[19][暝]日落、黄昏、天黑。此处押韵读去声。

[20][殷(yǐn)岩泉]岩中的泉水在震响。殷,这里用作动词,震响。

[21][栗]同"慄",发抖。

[22][云青青]云气黑沉沉。云,一作"枫"。

[23][澹(dàn)澹]荡漾的样子。

[24][列缺霹雳]列缺,指闪电。列,通"裂",分裂。缺,指云的缝隙。电光从云中决裂而出,故称"列缺"。霹雳,响雷。

[25][崩摧]崩塌。

[26][洞天石扉]洞天,道教称神仙的居处,意谓洞中别有天地,后常泛指风景胜地。石扉,石门。

[27][訇(hōng)然中开]訇,形容大声。中开,从中间打开。

[28][青冥]天空,指仙境、天庭,形容青苍幽远。

[29][金银台]传说仙人所居的金银筑成的楼台。《文选》郭璞《游仙诗》:"神仙排云出,但见金银台。"李善注:"《汉书》:齐威宣、燕昭使人入海,求蓬莱、方丈、瀛洲。此三神山者,仙人及不死之药皆在焉,而黄金白银为宫阙。"

[30][霓]虹的一种,亦称"副虹",形成的原因和虹相同,只是光线在水珠中的反射多了一次,红色在内,紫色在外。《埤雅》:"雄曰虹,雌曰霓。"

[31][云之君]泛指神仙。

[32][鸾回车]鸾鸟驾着车。回,回旋、运转。

[33][如麻]形容密集、多。

[34][怳(huǎng)]通"恍",恍然、猛然。

[35][觉(jiào)]醒。《增韵》:"梦醒曰觉。"

[36][失向来之烟霞]失,失去、消失。向来,从前,指刚刚(梦境)。烟霞,指前面所写的仙境。

[37][古来万事东流水]东流水,像东流的水一样一去不复返。

[38][兮]一作"时"。

[39][且放白鹿青崖间]暂且把白鹿放在青青的山崖间。白鹿,传说中神仙或隐士多骑白鹿。《哀时命》:"骑白鹿而容与。"

[40][须行即骑]等到要走的时候就骑上它。须,等待。

[41][摧眉折腰]低眉弯腰,犹言卑躬屈膝。

# 将进酒[1]

## 李白

君不见黄河之水天上来,奔流到海不复回[2]。君不见高堂明镜悲白发[3],朝如青丝暮成雪[4]。人生得意须尽欢,莫使金樽空对月。天生我材必有用[5],千金散尽还复来[6]。烹羊宰牛且为乐,会须一饮三百杯[7]。

岑夫子,丹丘生[8],将进酒,杯莫停[9]。与君歌一曲,请君为我倾耳听[10]。钟鼓馔玉不足贵[11],但愿长醉不复醒[12]。古来圣贤皆寂寞[13],惟有饮者留其名。陈王昔时宴平乐[14],斗酒十千恣欢谑[15]。主人何为言少钱[16],径须沽取对君酌[17]。五花马[18],千金裘[19],呼儿将出换美酒[20],与尔同销万古愁[21]。

### 注释

[1]选自《乐府诗集》。将(qiāng)进酒,汉乐府旧题,意即"劝酒歌"。将,愿、请。这首诗大约作于天宝十一年(752年),距诗人被唐玄宗"赐金放还"已达八年之久。当时,他跟朋友岑勋曾多次应邀到嵩山(在今河南登封)元丹丘家作客。

[2][到]一作"倒"。

[3][高堂]高大的厅堂。

[4][成]一作"如"。

[5][天生我材必有用]此句一作"天生我身必有财",一作"天生吾徒有俊材"。

[6][千金]一作"黄金"。

[7][会须]应当。

[8][岑(cén)夫子,丹丘生]岑夫子,岑勋。丹丘生,元丹丘,当时的隐士。

[9][将进酒,杯莫停]一作"进酒君莫停"。

[10][倾]一作"侧"。

[11][钟鼓馔(zhuàn)玉]鸣钟鼓,食珍馐,形容富贵豪华的生活。

[12][复]一作"用",一作"愿"。

[13][古来圣贤皆寂寞]圣贤,一作"贤达"。寂寞,一作"死尽"。

[14][陈王昔时宴平乐(lè)]陈王,指曹植。曹植因封于陈(今河南周口淮阳一带),死后谥"思",世称陈王或陈思王。平乐,汉代官观名,汉明帝所建,在洛阳西门外,后泛指园林馆阁。《文选》曹植《名都篇》:"我归宴平乐,美酒斗十千。"李善注:"平乐,观名。"

[15][斗酒十千恣(zì)欢谑(xuè)]斗酒十千,一斗酒价值十千钱,夸张地说酒很名贵。恣,放纵。欢谑,欢乐戏谑。

[16][何为]为什么。

[17][径须沽(gū)取对君酌]径须,直须、尽管。沽,通"酤",买或卖,这里指买。

[18][五花马]唐人喜欢将骏马鬃毛修剪成瓣以为饰,分成五瓣者,称"五花马",亦称"五

花"。又,《李太白集注》王琦注:"五花马,谓马之毛色作五花文者。"

[19][千金裘]珍贵的皮衣。语出《史记·孟尝君列传》:"此时孟尝君有一狐白裘,直千金,天下无双。"

[20][将]拿。

[21][尔]你。

## 燕歌行[1]

### 高适

汉家烟尘在东北[2],汉将辞家破残贼[3]。
男儿本自重横行[4],天子非常赐颜色[5]。
摐金伐鼓下榆关[6],旌旆逶迤碣石间[7]。
校尉羽书飞瀚海[8],单于猎火照狼山[9]。
山川萧条极边土[10],胡骑凭陵杂风雨[11]。
战士军前半死生[12],美人帐下犹歌舞[13]!
大漠穷秋塞草腓[14],孤城落日斗兵稀[15]。
身当恩遇常轻敌[16],力尽关山未解围[17]。
铁衣远戍辛勤久[18],玉箸应啼别离后[19]。
少妇城南欲断肠[20],征人蓟北空回首[21]。
边庭飘飖那可度[22],绝域苍茫无所有[23]!
杀气三时作阵云[24],寒声一夜传刁斗[25]。
相看白刃血纷纷[26],死节从来岂顾勋[27]?
君不见沙场征战苦,至今犹忆李将军[29]!

## 注释

[1]选自《高常侍集》卷一。燕(yān)歌行,乐府旧题。诗前有作者原序:"开元二十六年,客有从元戎出塞而还者,作《燕歌行》以示,适感征戍之事,因而和焉。"元戎,军事元帅。此诗并非仅据传闻所写的唱和之作,也不只局限于张守珪军中之事,而是概括一般的边塞战争,反映军中矛盾、边塞弊端,因而写出这样思想深刻、感情炽烈的诗篇。

[2][汉家烟尘在东北]汉家,唐代诗人常常借汉喻唐。烟尘,烽烟和战场上扬起的尘土,指战乱。

[3][残贼]凶残暴虐的人。

[4][横行]犹言纵横驰骋,多指在征战中所向无敌。

[5][天子非常赐颜色]非常,不同寻常、十分。赐颜色,给面子,赐予光彩。

[6][摐(chuāng)金伐鼓下榆关]摐金,撞击金属乐器。摐,简化字类推作左"才"右"从"。伐鼓,击鼓。下,奔赴。榆关,即古海关,古称渝关、临榆关、临渝关,明改为今名。其地古有渝

水,县与关都以水得名,在今河北省秦皇岛市,泛指北方边塞。

[7][旌旆(pèi)逶迤碣石间]旌旆,旗帜,借指军旅。逶迤,曲折行进貌。碣石,山名,在河北省昌黎县北。

[8][校尉羽书飞瀚海]校尉,军职名,隋唐以后迄清为武散官之号。羽书,犹羽檄,古代军事文书,插鸟羽以示紧急,必须迅速传递。瀚海,地名。其含义随时代而变:或曰即今呼伦湖、贝尔湖,或曰即今贝加尔湖,或曰为杭爱山之音译。在唐代,瀚海是蒙古高原大沙漠以北及以西,今准噶尔盆地一带广大地区的泛称,亦多用为征战、武功等典故。贞观中置瀚海都督府,属安北都护府。龙朔(唐高宗年号)中以燕安都督府改号瀚海都护府。瀚海也指沙漠。

[9][单(chán)于猎火照狼山]单于,汉时匈奴君长的称号。猎火,打猎时焚山驱兽之火,也指古代游牧民族出兵打仗的战火。狼山,即狼居胥山,在今内蒙古赤峰克什克腾旗西北一带。此处"瀚海""狼山"等地名,未必是实指。

[10][山川萧条极边土]极,穷尽。边土,边地。

[11][胡骑(jì)凭陵杂风雨]胡骑,胡人的骑兵,泛指胡人的军队。凭陵,横行、猖獗。杂风雨,形容敌人来势凶猛,如风雨交加;一说,敌人乘风雨交加时冲过来。

[12][半死生]半死半生,伤亡惨重。

[13][帐下]主帅帐中。

[14][大漠穷秋塞草腓(féi)]穷秋,深秋。塞草,边塞的草。腓,草木枯萎。腓,一作"衰"。

[15][斗兵]战士。

[16][身当恩遇常轻敌]当恩遇,深受皇帝的恩宠礼遇。轻敌,藐视敌人。

[17][关山]关隘山岭。

[18][铁衣]古代战士用铁片制成的战衣,指战士。

[19][玉箸]玉制的筷子,比喻眼泪。

[20][城南]唐代长安城住宅区都在城南。

[21][蓟(jì)北]蓟州区北部。蓟州区,古称渔阳,春秋时期称为无终子国,战国时称无终邑,秦代属右北平郡,唐朝设蓟州。新中国成立后,属河北省辖县,后划归天津市,相沿至今。此处当泛指唐朝东北边地。

[22][边庭飘飘那可度]边庭,亦作"边廷",指边地。飘飘,遥远的样子。

[23][绝域]极远之地。

[24][杀气三时作阵云]杀气,杀伐的气氛,借指战事或战斗。三时,早、午、晚。阵云,浓重厚积形似战阵的云。古人以为战争之兆。

[25][寒声一夜传刁斗]寒声,凄凉的声音。刁斗,古代行军用具,斗形有柄,铜质,白天用作炊具,晚上击以巡更。

[26][白刃]锋利的兵刃。

[27][死节从来岂顾勋]死节,尽节而死。岂顾勋,岂是顾及个人的功勋。

[28][李将军]指汉朝的李广,匈奴称他为汉之飞将军。据《史记·李将军列传》记载,李广打仗时身先士卒,平时又能和士兵同甘共苦,因而士兵乐于为他效命。

### 作家作品

张若虚(约660—720年),扬州(今属江苏)人,唐代诗人,与贺知章、张旭、包融并称"吴中四士"。《全唐诗》中张若虚诗仅存两首。一首是五言排律《代答闺梦还》,写少妇春思之情;另一首《春江花月夜》,是千载传诵的抒情杰作。"春江花月夜"是乐府旧题,为宫廷娱乐歌曲。诗中有景有情,有人有事,结构精巧,过渡自然,营造了一种清新悠远的艺术境界,无怪乎有人评价它"孤篇盖全唐",闻一多誉之为"诗中的诗,顶峰上的顶峰"。

王维(701—761年),字摩诘,盛唐时期的著名诗人,官至尚书右丞,太原祁(今山西祁县)人,晚年先后在终南山和辋川隐居。王维的诗、画成就都很高,苏轼赞:"味摩诘之诗,诗中有画,观摩诘之画,画中有诗"。王维尤以山水诗成就为最,与孟浩然合称"王孟"。晚年无心仕途,专诚奉佛,故后世人称其为"诗佛",著有《王右丞集》,存诗400余首。

李白(701—762年),字太白,号青莲居士,被贺知章称为"谪仙人",有"诗仙"之称。李白是盛唐最杰出的诗人之一,也是我国文学史上继屈原之后又一伟大的浪漫主义诗人。李白存世诗文千余篇,代表作有《蜀道难》《行路难》《梦游天姥吟留别》《将进酒》等诗篇,有《李太白集》传世,其作品对后代产生了极为深远的影响。李白与杜甫并称为"李杜"。

《蜀道难》原本是乐府古题,属于《相和歌》中的《瑟调曲》。李白以他丰富的想象、卓越的艺术构思、纵横飞扬的辞采,创造出了一个神奇的艺术世界,可以说是达到前无古人、后无来者的境界。

高适(约704—约765年),盛唐诗人,字达夫、仲武,沧州渤海(今河北景县)人。安史之乱后任剑南东川节度使等官,最后任左散骑常侍,世称"高常侍",谥号忠,赠礼部尚书。高适为唐代著名的边塞诗人,与岑参并称"高岑"。他熟悉军事生活,所作边塞诗对当时的边地形势和士兵疾苦均有反映。

### 研讨与练习

(1)自古以来,月亮就一直是中国文人墨客吟咏的对象,它寄托着人们的悲欢离合,寄予着人们的深沉思考。《春江花月夜》一诗描写"月"的诗句有哪些?该诗所表达的对人生的思考有无进步性?

(2)试比较"钟鼓馔玉不足贵,但愿长醉不复醒"(《将进酒》)和"安能摧眉折腰事权贵,使我不得开心颜"(《梦游天姥吟留别》)在内容和表现手法上的异同。

(3)背诵《春江花月夜》《山居秋暝》《蜀道难》《梦游天姥吟留别》《将进酒》《燕歌行》。

### 推荐书目

1. 蘅塘退士(孙洙)编选《唐诗三百首》
2. 施蛰存《唐诗百话》

特别推荐:王绩、崔融、李峤、苏味道、杜审言、王勃、杨炯、卢照邻、骆宾王、陈子昂、沈佺期、宋之问、张若虚、贺知章、张旭、包融、王之涣、王昌龄、孟浩然、王维、高适、李白、崔颢、储光羲、岑参、祖咏、裴迪、常建、李颀、王翰。

# 第四课

## 唐诗选读(二)中唐晚唐

### 蜀相[1]

#### 杜甫

丞相祠堂何处寻[2]？锦官城外柏森森[3]。
映阶碧草自春色，隔叶黄鹂空好音[4]。
三顾频繁天下计[5]，两朝开济老臣心[6]。
出师未捷身先死[7]，长使英雄泪满襟。

### 注释

[1]选自《杜诗详注》卷九。题下注："此公初至成都时作。"蜀相，三国时蜀国丞相诸葛亮，曾封武乡侯。

[2][丞相祠堂何处寻]祠堂，旧时祭祀祖宗或先贤的庙堂。丞相祠堂，指成都武侯祠。丞相，一作"蜀相"。

[3][锦官城外柏森森]锦官城，城名，故址在今四川成都南。森森，树木繁密的样子。《儒林公议》："成都先主庙侧有诸葛武侯祠。祠前有大柏，系孔明手植，围数丈。唐相段文昌有诗刻存焉。唐末渐枯，历王建、孟知祥二伪国不复生，然亦不敢伐。皇宋乾德五年丁卯夏五月，枯柯再生。"

[4][好音]悦耳的声音。

[5][三顾频繁天下计]三顾，指汉末刘备三次往隆中访聘诸葛亮。频繁，一作"频烦"。

[6][两朝开济老臣心]两朝，指诸葛亮辅佐刘备、刘禅两朝。开济，开创并匡济。

[7][出师未捷身先死]《三国志·蜀书·诸葛亮传》："十二年春，亮悉大众由斜谷出，以流马运，据武功五丈原，与司马宣王对于渭南……相持百余日。其年八月，亮疾病，卒于军，时年五十四。"捷，一作"用"。

## 客至[1]

### 杜甫

舍南舍北皆春水[2],但见群鸥日日来[3]。
花径不曾缘客扫,蓬门今始为君开。
盘飧市远无兼味[4],樽酒家贫只旧醅[5]。
肯与邻翁相对饮[6],隔篱呼取尽余杯[7]。

### 注释

[1]选自《杜诗详注》。题下自注:"喜崔明府相过。"明府,汉魏以来对郡守牧尹的尊称,又称明府君。汉亦有以"明府"称县令,唐以后多用以专称县令。

[2][舍]当时诗人居成都浣花溪草堂。

[3][但见群鸥日日来]《杜诗详注》引朱瀚曰:"首句用'在水一方'诗意,次句用海翁狎鸥故事。"按,《列子·黄帝》:"海上之人有好沤鸟者,每旦之海上,从沤鸟游,沤鸟之至者,百住而不止。其父曰:'吾闻沤鸟皆从汝游,汝取来,吾玩之。'明日之海上,沤鸟舞而不下也。"

[4][盘飧(sūn)市远无兼味]盘飧,盘中的菜肴,一作"盘餐"。兼味,两种以上的菜肴。

[5][旧醅(pēi)]陈酒。醅,没滤过的酒,亦泛指酒。

[6][肯]乐于,愿意。

[7][呼取尽余杯]取,助词,表示动态,相当于"得""着"等。余杯,杯中未饮尽之酒。

## 登高[1]

### 杜甫

风急天高猿啸哀,渚清沙白鸟飞回[2]。
无边落木萧萧下[3],不尽长江滚滚来[4]。
万里悲秋常作客[5],百年多病独登台。
艰难苦恨繁霜鬓[6],潦倒新停浊酒杯[7]。

### 注释

[1]选自《集千家注杜工部诗集》。作于唐代宗大历二年(767年)秋天的重阳节。

[2][渚(zhǔ)]水中小块陆地,也指水边。

[3]〔无边落木萧萧下〕落木,落叶。萧萧,象声词,常形容马叫声、风雨声、流水声、草木摇落声、乐器声等。

[4]〔滚滚〕一作"衮衮"。

[5]〔万里悲秋常作客〕悲秋,对萧瑟秋景而伤感。语出《楚辞·九辩》:"悲哉!秋之为气也。萧瑟兮,草木摇落而变衰。"作客,客居异地。

[6]〔艰难苦恨繁霜鬓〕苦恨,苦恼。繁霜,浓霜,比喻白色。

[7]〔潦倒新停浊酒杯〕停,《杜诗详注》作"亭",通"停"。浊酒,用糯米、黄米等酿制的酒,较混浊;一说,未滤的酒。

## 登岳阳楼[1]

### 杜甫

昔闻洞庭水,今上岳阳楼。
吴楚东南坼[2],乾坤日夜浮[3]。
亲朋无一字,老病有孤舟。
戎马关山北[4],凭轩涕泗流[5]。

### 注释

[1]选自《杜诗详注》。大历三年(768年)春,杜甫乘舟自夔州出三峡,岁暮至岳阳。

[2]〔吴楚东南坼(chè)〕吴楚,春秋吴国与楚国,泛指吴楚之故地,即今长江中下游一带。坼,裂开、分裂。

[3]〔乾坤日夜浮〕《补注杜诗》谓此句"言在乾坤之内,其水日夜浮也"。又,《补注杜诗》引唐子西云:"过岳阳楼,观子美诗不过四十字耳,气象闳放,涵蓄深远,殆与洞庭争雄,所谓富哉言乎者!余谓一诗之中如'吴楚东南坼,乾坤日夜浮'一联尤为雄伟。虽不到洞庭者,读之可使胸次豁达。"

[4]〔戎马关山北〕戎马,战马,代指战事。时吐蕃侵扰陇右、关中。

[5]〔涕泗(sì)〕眼泪和鼻涕。

## 琵琶行[1]并序

### 白居易

【序】元和十年[2],予左迁九江郡司马[3]。明年秋[4],送客湓浦口[5],闻舟中夜弹琵琶者,听其音,铮铮然有京都声[6]。问其人,本长安倡女[7],尝学琵琶于穆、曹二善才[8],年长色衰,委身为贾人妇[9]。遂命酒[10],使快弹数曲[11],曲罢悯然[12]。自叙少小时欢乐事,今漂沦憔悴[13],

转徙于江湖间[14]。予出官二年[15],恬然自安[16],感斯人言[17],是夕,始觉有迁谪意[18]。因为长句[19],歌以赠之[20],凡六百一十六言[21],命曰《琵琶行》[22]。

浔阳江头夜送客[23],枫叶荻花秋瑟瑟[24]。主人下马客在船[25],举酒欲饮无管弦[26]。醉不成欢惨将别,别时茫茫江浸月。

忽闻水上琵琶声,主人忘归客不发。寻声暗问弹者谁[27],琵琶声停欲语迟[28]。移船相近邀相见,添酒回灯重开宴[29]。千呼万唤始出来,犹抱琵琶半遮面。转轴拨弦三两声[30],未成曲调先有情。弦弦掩抑声声思[31],似诉平生不得志。低眉信手续续弹[32],说尽心中无限事。轻拢慢捻抹复挑[33],初为《霓裳》后《六幺》[34]。大弦嘈嘈如急雨[35],小弦切切如私语[36]。嘈嘈切切错杂弹,大珠小珠落玉盘[37]。间关莺语花底滑[38],幽咽泉流冰下难[39]。冰泉冷涩弦凝绝[40],凝绝不通声暂歇。别有幽愁暗恨生,此时无声胜有声。银瓶乍破水浆迸,铁骑突出刀枪鸣[41]。曲终收拨当心画[42],四弦一声如裂帛[43]。东船西舫悄无言[44],唯见江心秋月白。

沉吟放拨插弦中,整顿衣裳起敛容[45]。自言本是京城女,家在虾蟆陵下住[46]。十三学得琵琶成,名属教坊第一部[47]。曲罢曾教善才服[48],妆成每被秋娘妒[49]。五陵年少争缠头[50],一曲红绡不知数[51]。钿头银篦击节碎[52],血色罗裙翻酒污[53]。今年欢笑复明年,秋月春风等闲度[54]。弟走从军阿姨死,暮去朝来颜色故[55]。门前冷落鞍马稀,老大嫁作商人妇[56]。商人重利轻别离,前月浮梁买茶去[57]。去来江口守空船[58],绕船月明江水寒。夜深忽梦少年事,梦啼妆泪红阑干[59]。

我闻琵琶已叹息,又闻此语重唧唧[60]。同是天涯沦落人,相逢何必曾相识!我从去年辞帝京,谪居卧病浔阳城。浔阳地僻无音乐,终岁不闻丝竹声。住近湓江地低湿,黄芦苦竹绕宅生。其间旦暮闻何物?杜鹃啼血猿哀鸣[61]。春江花朝秋月夜,往往取酒还独倾[62]。岂无山歌与村笛,呕哑嘲哳难为听[63]!今夜闻君琵琶语[64],如听仙乐耳暂明[65]。莫辞更坐弹一曲,为君翻作《琵琶行》[66]。

感我此言良久立,却坐促弦弦转急[67]。凄凄不似向前声[68],满座重闻皆掩泣[69]。座中泣下谁最多?江州司马青衫湿[70]!

### 注释

[1]选自《白氏长庆集》卷十二。

[2][元和]唐宪宗年号。元和十年,即815年。

[3][左迁]降官,贬职。白居易任谏官时,因为屡次上书批评朝政,触怒了皇帝,被贬为江州司马。九江郡,为秦代始皇帝分天下三十六郡之一,初设辖境范围大致为安徽、河南淮河以南,湖北黄冈以东和江西全省,治寿春(今安徽寿县城关镇)。唐初废郡复州,复立江州,并将湓城县改为浔阳县,即在今江西九江市。

[4][明年]第二年。

[5][湓(pén)浦口]湓江流入长江的地方。湓浦,又叫湓江,源自江西瑞昌清湓山。

[6][铮铮]形容金、玉等物相击声。京都,京城。都,一作"邑"。声,声调。

[7][倡女]歌舞女艺人。倡,一作"娼"。

[8][善才]唐代琵琶师之称。唐元和中,曹保有子善才,精通琵琶,因以"善才"称琵琶师。

[9][委身为贾(gǔ)人妇]委身,托身,这里是嫁的意思。贾人,商人。
[10][命酒]命(人)摆酒。
[11][快]畅快地。
[12][悯然]忧郁的样子。一作"悯默"。
[13][漂沦]漂泊沦落。
[14][转徙江湖]转徙,辗转迁移。江湖,泛指四方各地。
[15][出官]离开京城到外地做官。
[16][恬然自安]恬然,安然,不在意的样子。自安,自安其心,自以为安定。
[17][斯人]这人。
[18][迁谪]贬官降职或流放。
[19][因为长句]因,于是。为,创作。长句,指七言诗(五言为短句)。
[20][歌]作歌。
[21][凡六百一十六言]凡,总共。言,字。
[22][命]命名,题名。
[23][浔阳江头夜送客]浔阳,江名,长江流经江西省九江市北的一段。江头,江边。
[24][瑟瑟]这里形容枫树、芦荻被秋风吹动的声音。《白氏长庆集》注:"半红半白之貌。"
[25][主人下马客在船]主人,白居易自指。此句为互文,即主人与客下马登船。
[26][管弦]管乐与弦乐,代指音乐。
[27][暗]悄悄。
[28][欲语迟]要回答,又有些迟疑。
[29][回灯]重新拨亮灯光。
[30][转轴拨弦]这里指将琵琶调音定调的动作。
[31][弦弦掩抑声声思(sī)]掩抑,低沉压抑。思,悲。
[32][低眉信手续续弹]信手,随手。续续弹,连续弹奏。
[33][轻拢慢捻抹复挑]拢、捻、抹、挑,皆琵琶指法。
[34][初为《霓裳》后《六幺》]《霓裳》,《霓裳羽衣曲》的简称,唐代乐曲名,相传为唐玄宗所制。《六幺》,本名《录要》,为当年京城流行的曲调。
[35][大弦嘈(cáo)嘈如急雨]大弦,指最粗的弦。嘈嘈,众声嘈杂,一说形容声音粗重。
[36][小弦切切如私语]小弦,指最细的弦。切切,形容声音清脆。
[37][大珠小珠落玉盘]比喻琵琶声轻重急徐,历落有致。
[38][间(jiān)关]形容婉转的鸟鸣声。
[39][幽咽泉流冰下难]幽咽,声音低沉、轻微,常形容哭声、水声。难,一作"滩"。
[40][凝绝]凝滞。
[41][银瓶乍破水浆迸,铁骑突出刀枪鸣]形容琵琶声在沉咽、暂歇后,忽然又爆发出激越、雄壮的乐音。
[42][曲终收拨当心画]曲终,乐曲结束。拨,拨子,弹奏弦乐所用的工具。
[43][四弦一声如裂帛]四弦一声,四根弦同时发声。裂帛,指撕裂缯帛发出的清厉声。
[44][东船西舫(fǎng)悄(qiǎo)无言]舫,船。悄,寂静无声。
[45][敛容]正容,显出端庄的脸色。

[46][虾(há)蟆陵]是当时有名的游乐地区。一说"下马陵"。
[47][名属教坊第一部]教坊,古时管理宫廷音乐的官署,专管雅乐以外的音乐、舞蹈、百戏的教习、排练、演出等事务。第一部,意思是最优秀的一队。歌舞队、乐队古代都称部。
[48][曲罢曾教善才服]曲罢,一曲弹完。教,让。
[49][秋娘]唐代歌妓女伶的通称。
[50][五陵年少争缠头]五陵,汉代五个皇帝的陵墓,即长陵、安陵、阳陵、茂陵、平陵,在长安附近。当时富家豪族和外戚都居住在五陵附近,因此后世诗文常以五陵为富豪人家聚居长安之地。年少,年轻人,子弟。争,争着(赠送)。缠头,古代歌舞艺人表演完毕,客以罗锦为赠,称"缠头",后来又作为赠送妓女财物的通称。
[51][绡(xiāo)]丝织品。
[52][钿(diàn)头银篦(bì)击节碎]上端镶嵌着金花的篦形发饰。钿,金花。击节碎,(随着音节)打拍子敲碎了。
[53][血色罗裙翻酒污]血色罗裙,红色的绫罗的裙子。翻酒污,泼翻了酒被污染。
[54][等闲]随随便便。
[55][颜色故]容貌衰老。
[56][老大]年纪大了。
[57][浮梁]地名,在现在江西景德镇市北面。
[58][去来江口守空船]去来,离开。来,语气助词。
[59][梦啼妆泪红阑干]妆泪,指女子的粉泪。阑干,纵横错乱的样子。
[60][唧唧]叹息声。
[61][杜鹃啼血]这里形容杜鹃啼声的悲切。
[62][独倾]独自饮酒。
[63][呕(ōu)哑(yā)嘲(zhāo)哳(zhā)难为听]呕哑,拟声词,形容声音嘈杂。嘲哳,也作"啁哳",形容声音杂乱。难为听,听不下去。
[64][琵琶语]指琵琶上弹出的曲调。
[65][暂]突然,一下子。
[66][翻作]写作。翻,按照曲调写歌词。
[67][却坐促弦弦转急]却坐,退回到原处坐下。促弦,把弦拧得更紧。
[68][向前]从前,刚才。
[69][满座重闻皆掩泣]重,又,重新。掩泣,掩面哭泣。
[70][青衫]唐制,文官八品、九品服以青。

## 李凭箜篌引[1]

### 李贺

吴丝蜀桐张高秋[2],空山凝云颓不流[3]。
江娥啼竹素女愁[4],李凭中国弹箜篌[5]。

昆山玉碎凤凰叫[6]，芙蓉泣露香兰笑[7]。
十二门前融冷光[8]，二十三丝动紫皇[9]。
女娲炼石补天处[10]，石破天惊逗秋雨[11]。
梦入神山教神妪[12]，老鱼跳波瘦蛟舞。
吴质不眠倚桂树[13]，露脚斜飞湿寒兔[14]。

## 注释

[1]选自《昌谷集》。元和六年(811年)至八年(813年)间，李贺在长安任奉礼郎，诗作于这一时期。李凭是为宫廷服务的梨园弟子。箜篌，古代一种弦乐器，形状似瑟而较小，弦数不一，少至五根，多至二十五根，又分卧式、竖式两种，用木拨或手指弹奏，也称为"空侯""坎侯"。《箜篌引》，乐府旧题。

[2][吴丝蜀桐张高秋]吴丝，吴地所产之丝制作的琴弦。蜀桐，蜀地所产桐木制作的琴身。吴丝蜀桐借指箜篌，亦形容箜篌之精美。张，演奏。高秋，秋高气爽的时节。

[3][空山凝云颓不流]空山，幽静无人的山林。颓，下垂、堆积的样子。《列子·汤问》："薛谭学讴于秦青，未穷青之技，自谓尽之，遂辞归。秦青弗止，饯于郊衢，抚节悲歌，声振林木，响遏行云。薛谭乃谢求反，终身不敢言归。"

[4][江娥啼竹素女愁]江娥，指娥皇、女英，为尧之二女，舜之二妃。晋张华《博物志》："尧之二女，舜之二妃，曰'湘夫人'。舜崩，二妃啼，以涕挥竹，竹尽斑。"素女，传说中古代神女，与黄帝同时，或言其善于弦歌。

[5][中国]中国，即国中，指在国都长安。

[6][昆山玉碎]昆山，即昆仑山，传昆仑山产美玉。

[7][泣露]滴露，凝露。

[8][十二门前融冷光]十二门，长安城四面，一面三门，共十二门。融冷光，指乐声可以消融秋天的冷气。融，消融，亦指流通、流动。《文选》何晏《景福殿赋》："云行雨施，品物咸融。"冷光，月光。一说秋光。

[9][二十三丝动紫皇]二十三丝，指箜篌。竖箜篌有二十三丝者。紫皇，道教传说中最高的神仙。

[10][女娲]神话传说中的上古女帝，与伏羲为兄妹，人首蛇身，相传曾炼五色石以补天，并抟土造人。

[11][石破天惊逗秋雨]谓女娲所补之天复为箜篌声激裂。逗，《说文解字》："止也。"《玉篇》："住也。"又，音透，义同"透"。

[12][梦入神山教神妪(yù)]神山，一作"坤山"。干宝《搜神记》记载，晋永嘉中兖州有神妪，号"成夫人"。好音，能弹箜篌，闻歌弦辄起舞。妪，《说文解字》："母也"，指年老的女人。

[13][吴质]吴刚，古代神话中的人物，旧传为汉西河(今山西省吕梁市离石区)人，学仙有过，遭天帝惩罚到月宫砍伐桂树。

[15][露脚斜飞湿寒兔]露脚，露滴。寒兔，玉兔，相传月中有兔，故以为月亮的代称。

# 锦瑟[1]

## 李商隐

锦瑟无端五十弦[2],一弦一柱思华年[3]。
庄生晓梦迷蝴蝶[4],望帝春心托杜鹃[5]。
沧海月明珠有泪[6],蓝田日暖玉生烟[7]。
此情可待成追忆[8]?只是当时已惘然[9]。

### 注释

[1]选自《李义山诗集》。锦瑟,漆有织锦纹的瑟。杜甫《曲江对雨》:"何时诏此金钱会,暂醉佳人锦瑟傍。"仇兆鳌注引《周礼乐器图》:"饰以宝玉者曰宝瑟,绘文如锦者曰锦瑟。"瑟,拨弦乐器,似琴,长近三米,最早的瑟有五十弦,后通常有二十五弦。关于李商隐的《锦瑟》,历代有"悼亡""自叙""感时""自述创作""贵人爱姬"咏瑟(中四句为瑟声之适、怨、清、和)"等诸多说法。金代元好问《论诗三十首》(十二)云:"望帝春心托杜鹃,佳人锦瑟怨华年。诗家总爱西昆好,独恨无人作郑笺。"

[2][无端]没有来由,无缘无故。

[3][一弦一柱思华年]思,按格律读去声。华年,青春年华,这里指一生。

[4][庄生]庄子。迷蝴蝶,典出《庄子·齐物论》:"昔者庄周梦为胡蝶,栩栩然胡蝶也,自喻适志与!不知周也。俄然觉,则蘧(qú)蘧然周也。不知周之梦为胡蝶与,胡蝶之梦为周与?周与胡蝶,则必有分矣。此之谓物化。"

[5][望帝]相传战国末年杜宇在蜀称帝,号望帝,为民除水患有功,后禅位,退隐西山,蜀人思之;时适二月,子规(杜鹃)啼鸣,以为魂化子规,故名之为杜宇,为望帝。事见晋常璩《华阳国志·蜀志》。《文选》左思《蜀都赋》:"碧出苌弘之血,鸟生杜宇之魄。"李善注引《蜀记》:"蜀人闻子规鸟鸣,皆曰望帝也。"

[6][珠有泪]《博物志》:"南海外有鲛人,水居如鱼,不废绩织,其眼泣则能出珠。"此句用"沧海遗珠"之典。沧海遗珠,海中珍珠被收采者遗漏,比喻被埋没的人才或为人所忽视的珍品。

[7][蓝田]县名,在陕西省渭河平原南缘、秦岭北麓、渭河支流灞河上游。秦置县,以产美玉闻名。汉班固《西都赋》:"陆海珍藏,蓝田美玉。"唐司空图《与极浦书》:"戴容州(戴叔伦)云:诗家之景如蓝田日暖,良玉生烟,可望而不可置于眉睫之前也。"或以为"玉生烟"为"紫玉"之典。紫玉,传说中春秋时吴王夫差小女名,亦名小玉。据晋干宝《搜神记》载:"吴王夫差小女紫玉,年十八,悦童子韩重,欲嫁而为父所阻,气结而死。重游学归,吊紫玉墓。玉形现,并赠重明珠。玉托梦于王,夫人闻之,出而抱之,玉如烟而没。"后遂用以指多情少女,亦为女子早逝之典。

[8][可]何,岂,难道。

[9][只是当时已惘然]当时,一说昔时,一说现在。惘然,迷惘、茫然。

### 作家作品

杜甫（712—770年），字子美，巩县（今河南巩义）人，自号少陵野老、杜陵野老、杜陵布衣，后世称"杜少陵""杜工部"。杜甫是唐代现实主义诗人，与李白并称"李杜"。杜甫代表着我国现实主义诗歌流派的高峰，对诗歌发展起着继往开来的重要作用，因此被称为"诗圣"。

杜甫知识渊博，有很强的政治抱负，目睹唐王朝从开元盛世转向衰微的历史过程，并以现实主义手法展示出这一历史过程，其诗被称为"诗史"。杜甫存诗近1500首，其中很多是传颂千古的名篇，代表作有《自京赴奉先县咏怀五百字》《北征》等长篇古诗和《登楼》《宿府》《旅夜书怀》《登高》等短篇近体诗，基本风格是"沉郁顿挫"，现存《杜工部集》。

白居易（772—846年），字乐天，晚年号香山居士，祖籍山西太原，后迁居下邽（今陕西省渭南市），出生于河南新郑（今郑州新郑），唐代文学家。白居易曾任翰林学士、左赞善大夫，因得罪权贵，贬为江州司马，官至太子少傅，谥号"文"，世称白傅、白文公。和元稹并称"元白"，和刘禹锡并称"刘白"。

白居易在文学上积极倡导新乐府运动，主张"文章合为时而著，歌诗合为事而作"，写下了不少感叹时世、反映人民疾苦的诗篇，对后世颇有影响。今存诗近3000首，诗歌题材广泛，形式多样，语言平易通俗，唐宣宗言"童子解吟《长恨》曲，胡儿能唱《琵琶》篇"，有"诗魔"和"诗王"之称。代表诗作有《长恨歌》《琵琶行》《赋得古原草送别》《钱塘湖春行》《暮江吟》《忆江南》《大林寺桃花》等，其中长篇叙事诗《长恨歌》《琵琶行》代表他艺术上的最高成就。

李贺（790—816年），字长吉，祖籍陇西郡，河南府福昌县昌谷乡（今河南省宜阳县）人，后世称李昌谷。李贺是唐朝宗室郑王（李亮）后裔，门荫入仕，授奉礼郎，然仕途不顺。李贺诗作想象极为丰富，善引用神话传说，托古寓今，后人誉为"诗鬼"。李贺是继屈原、李白之后，中国文学史上又一位颇享盛誉的浪漫主义诗人，有"太白仙才，长吉鬼才"之说。

李商隐（813—858年），字义山，号玉谿（溪）生、樊南生（樊南子），晚唐著名诗人。李商隐祖籍怀州河内（今河南沁阳），生于河南荥阳（今郑州荥阳）。早期，李商隐因文才而深得牛党要员令狐楚的赏识，后因李党的王茂元爱其才而将女儿嫁给他，他因此而遭到牛党的排斥。此后，李商隐便在牛李两党争斗的夹缝中求生存，辗转于各藩镇当幕僚，郁郁而不得志，后潦倒终身。

李商隐诗作文学价值很高，是晚唐最著名的诗人之一，其诗构思新奇、风格秾丽，尤其是一些爱情诗与无题诗写得缠绵悱恻，为人传诵。但部分诗歌过于隐晦迷离，难于索解，至有"诗家总爱西昆好，独恨无人作郑笺"之说。李商隐与杜牧并称"小李杜"，又与李白、李贺合称"三李"，与温庭筠合称为"温李"，有《李义山诗集》。

### 研讨与练习

（1）华夏传统文化的宝库里，唐诗是一颗璀璨的明珠。直到今天，唐诗的光辉依然使人感觉到灵魂的震颤。唐诗是华夏传统文化的象征之一。请选取你认为经典的唐诗，分析唐诗中所体现的传统文化。

(2)从小学到初中,从课内到课外,你读过李商隐的哪些诗?请以"我所知道的李商隐"为题,写一篇短文。

(3)背诵《蜀相》《客至》《登高》《登岳阳楼》《琵琶行》《李凭箜篌引》《锦瑟》。

## 推荐书目

1. 杨伦《杜诗镜铨》
2. 陈贻焮《杜甫评传》
3. 殷璠编选《河岳英灵集》
4. 王士禛编选《唐人万首绝句选》

特别推荐:元结、顾况、刘长卿、韦应物、卢纶、李益、白居易、元稹、张籍、王建、李绅、韩愈、孟郊、刘禹锡、柳宗元、李贺、李商隐、温庭筠、杜牧、许浑、皮日休、陆龟蒙、聂夷中、罗隐、杜荀鹤。

# 第五课

## 宋诗选读

登快阁[1]

黄庭坚

痴儿了却公家事[2]，快阁东西倚晚晴[3]。
落木千山天远大，澄江一道月分明。
朱弦已为佳人绝[4]，青眼聊因美酒横[5]。
万里归船弄长笛，此心吾与白鸥盟[6]。

### 注释

[1]选自《山谷集》。快阁，在太和（今江西泰和）东赣江边。此诗作于元丰五年（1082年），黄庭坚时任太和县令。

[2]［痴儿了却公家事］自己忙完了公事。痴儿，痴呆之人，作者自指。了却，了结。

[3]［倚］倚栏。

[4]［朱弦已为佳人绝］朱弦，即练朱弦，用练丝（即熟丝）制作的琴弦。佳人，美好的人，多指君子、贤人。传子期死，伯牙摔琴绝弦，终身不复鼓琴。此句借此典故感慨世无知音。

[5]［青眼聊因美酒横］青眼，黑色的眼珠在眼眶中间，青眼看人则是表示对人的喜爱或重视、尊重，跟"白眼"相对。《晋书·阮籍传》："籍又能为青白眼。见礼俗之士，以白眼对之。及嵇喜来吊，籍作白眼，喜不怿而退。喜弟康闻之，乃赍酒挟琴造焉，籍大悦，乃见青眼。"

[6]［鸥盟］形容隐居江湖的人，与鸥鸟为伴侣，如有盟约。参见杜甫《客至》"但见群鸥日日来"注。

## 临安春雨初霁[1]

### 陆游

世味年来薄似纱[2],谁令骑马客京华[3]。
小楼一夜听春雨[4],深巷明朝卖杏花。
矮纸斜行闲作草[5],晴窗细乳戏分茶[6]。
素衣莫起风尘叹[7],犹及清明可到家[8]。

[1]选自《剑南诗稿笺注》。淳熙十三年(1186年)春,陆游奉诏自家乡山阴(今浙江绍兴)赴临安(今浙江杭州),在寓所等候召见时作此诗,时年62岁。霁,雨停。
[2][世味年来]世味,人世滋味、社会人情。年来,近年来。
[3][京华]京城的美称。这里指南宋京城临安。按,北宋都城为汴京,故南宋称京城临安为行在,以示不忘故都。
[4][小楼]诗人在临安砖街巷寓所的南楼。
[5][矮纸斜行闲作草]矮纸,短纸。斜行,倾斜的行列,古有斜界纸,用于书写,后因以"斜行"指代词章。草,草书。
[6][细乳戏分茶]细乳,茶中精品。一说烹茶时浮起的乳白色泡沫。分茶,宋元时煎茶之法。注汤后用箸搅茶乳,使汤水波纹幻变成种种形状。
[7][素衣莫起风尘叹]素衣,白衣。陆机《为顾彦先赠妇》:"京洛多风尘,素衣化为缁(zī,黑色)。"
[8][犹及清明可到家]谓公事完毕,还来得及在清明时回到家中。

## 书愤[1]

### 陆游

早岁那知世事艰[2],中原北望气如山[3]。
楼船夜雪瓜洲渡[4],铁马秋风大散关[5]。
塞上长城空自许[6],镜中衰鬓已先斑。
出师一表真名世[7],千载谁堪伯仲间[8]!

### 注释

[1]选自《剑南诗稿笺注》。此诗作于淳熙十三年(1186年)春会稽石帆别业。
[2][早岁那知]早年哪里懂得。那,即"哪"。按,古无"哪",通作"那"。
[3][中原北望]北望中原沦陷于金人之地。陆游作此诗时62岁。
[4][楼船夜雪瓜洲渡]楼船,指采石之战中宋军使用的车船,内部安装有以踩踏驱动的机械连接船外的明轮,依靠一组人的脚力踩踏前行,因其高大有楼,故称楼船。瓜洲,在今江苏邗江南长江边,与镇江隔江相对,是当时的江防要地。按,陆游40岁任镇江通判,为当时督视江淮兵马的右丞相张浚所赏识。然朝廷偏向议和,后张浚罢相。
[5][铁马秋风大散关]铁马,披着铁甲的战马。大散关,在今陕西宝鸡西南,是当时宋金的西部边界。陆游48岁时入四川宣抚使王炎幕府,曾在大散关与金兵交战。
[6][塞上长城]比喻能守边的将领。《南史·檀道济传》记载,宋文帝要杀大将檀道济,檀临刑前怒斥道:"乃坏汝万里长城!"
[7][名世]名显于世。
[8][伯仲间]比喻人或事物不相上下,难分优劣高低。曹丕《典论·论文》:"傅毅之于班固,伯仲之间耳。"伯仲,兄弟之间的老大和老二。

## 插秧歌[1]

### 杨万里

田夫抛秧田妇接,小儿拔秧大儿插。
笠是兜鍪蓑是甲[2],雨从头上湿到胛。
唤渠朝餐歇半霎[3],低头折腰只不答。
秧根未牢莳未匝[4],照管鹅儿与雏鸭[5]。

### 注释

[1]选自《诚斋集》。
[2][兜鍪(móu)]古代作战时戴的头盔。
[3][渠]他。
[4][莳(shì)未匝]尚未种完。莳,栽种。匝,遍。
[5][照管]小心防范。

## 第五课 宋诗选读

### 作家作品

黄庭坚(1045—1105年),字鲁直,号山谷道人、山谷老人、涪翁,谥号文节,世称黄山谷、黄太史、黄文节、豫章先生,宋江南西路洪州府分宁人(今江西省九江市修水县)人,祖籍浙江省金华市。黄庭坚在诗、词、散文、书、画等方面均取得很高成就。黄庭坚与张耒、晁补之、秦观都游学于苏轼门下,合称为"苏门四学士"。其诗被苏轼称为"山谷体"。书法与苏轼、米芾和蔡襄齐名,世称为"宋四家"。在文学界,黄庭坚生前与苏轼齐名,时称"苏黄"。作品有《山谷词》《豫章黄先生文集》等。后人尊之为江西诗派开山之祖。

陆游(1125—1210年),字务观,号放翁,越州山阴(今浙江绍兴)人,尚书右丞陆佃之孙,南宋文学家、史学家、诗人。其诗兼具雄奇与沉郁,饱含爱国之情,对后世影响深远。朱熹谓陆游:"放翁老笔尤健,在当今推为第一流。"清赵翼评论苏陆之诗说:"宋诗以苏、陆为两大家,后人震于东坡之名,往往谓苏胜于陆,而不知陆实胜苏也。(陆游诗)少工藻绘,中务宏肆,晚造平淡。朝廷之上,无不以划疆守盟、息事宁人为上策,而放翁独以复仇雪耻,长篇短咏,寓其悲愤。"陆游亦工填词,宋刘克庄谓其词"激昂慷慨者,稼轩不能过"。有手定《剑南诗稿》85卷,收诗9300余首,又有《渭南文集》50卷、《老学庵笔记》10卷及《南唐书》等。

杨万里(1127—1206年),字廷秀,号诚斋,吉州吉水(今江西省吉水县)人,谥号文节。其诗自成一家,对后世影响颇大,世称"诚斋体"。杨万里诗学江西诗派,后学陈师道之五律、王安石之七绝,又学晚唐诗,今存诗4200余首。杨万里与陆游、尤袤、范成大并称为南宋"中兴四大诗人"。

### 研讨与练习

(1)江西诗派是宋诗一大流派。江西诗派的代表人物方回称杜甫、黄庭坚、陈师道、陈与义为"一祖三宗"。其中杜甫为一祖,黄庭坚、陈师道、陈与义为三宗。方回强调江西诗派的特点是"点铁成金"和"夺胎换骨"(为黄庭坚提出)。请查阅资料,并结合一些宋诗说说具体何为"点铁成金",何为"夺胎换骨"。

(2)陆游自言"六十年间万首诗",其诗存世有9300余首,诗风多样。请结合你知道的陆游诗作,说说他的诗都有哪些风格?

(3)杨万里善于学习民歌,往往"假辞谚语,冲口而来",因而形成通俗浅近、自然活泼的语言特色。同时,杨万里的诗歌作品不拘一格,富有变化。请你结合杨万里的生平,谈谈他的爱国诗篇。

(4)背诵《临安春雨初霁》《书愤》《插秧歌》。

### 推荐书目

1.何文焕《历代诗话》
2.陈衍《宋诗精华录》
3.钱钟书《宋诗选注》

# 第六课

## 唐五代北宋词选读

### 菩萨蛮[1]

#### 温庭筠

小山重叠金明灭[2],鬓云欲度香腮雪[3]。懒起画蛾眉[4],弄妆梳洗迟[5]。照花前后镜,花面交相映[6],新帖绣罗襦[7],双双金鹧鸪[8]。

**注释**

[1]选自后蜀赵崇祚编《花间集》。
[2][小山重叠金明灭]小山,一说,唐代女子所画的"小山眉",如山峰重叠之状,小山重叠即指眉晕褪色;一说,小山形容女子隆起的发髻,小山重叠即指发髻蓬乱;一说,小山指床头之小屏风(小山屏),即枕屏。金明灭,指褪了色的额黄有明有暗。金,指额黄,唐代女子好在额部涂上黄色。按,金字随"小山"的不同,各有其解释。
[3][鬓云欲度香腮雪]鬓云,形容发髻蓬松如云。香腮雪,雪白的面颊。
[4][蛾眉]蚕蛾触须细长而弯曲,因以比喻女子美丽的眉毛。《离骚》:"众女嫉余之蛾眉兮。"
[5][弄妆]妆饰、打扮。
[6][花面]花和女子的容颜。
[7][新帖绣罗襦]帖,通"贴",一说"熨帖",一说"贴绣"(把一种绣花贴在衣服上)。罗襦,绸制的短衣。襦,短衣、短袄。
[8][双双金鹧鸪]为罗襦上的图案。

## 虞美人[1]

### 李煜

春花秋月何时了[2]？往事知多少。小楼昨夜又东风，故国不堪回首月明中[3]。雕栏玉砌应犹在[4]，只是朱颜改[5]。问君能有几多愁？恰似一江春水向东流。

### 注释

[1]选自《草堂诗余》。《虞美人》原为唐教坊曲，又名《一江春水》《玉壶水》《巫山十二峰》等。

[2][春花秋月何时了]春花秋月，比喻美好的时光与景物。何时了，何时终结。

[3][故国]已经覆灭的南唐。

[4][雕栏玉砌]雕饰华美的栏杆、玉石做成的台阶，指远在金陵的南唐宫殿。

[5][朱颜]红润的容颜，也指年轻的容貌。此当为李煜自指。

## 望海潮[1]

### 柳永

东南形胜[2]，三吴都会[3]，钱塘自古繁华[4]。烟柳画桥[5]，风帘翠幕[6]，参差十万人家[7]。云树绕堤沙[8]。怒涛卷霜雪，天堑无涯[9]。市列珠玑[10]，户盈罗绮[11]，竞豪奢[12]。

重湖叠巘清嘉[13]。有三秋桂子[14]，十里荷花。羌管弄晴[15]，菱歌泛夜[16]，嬉嬉钓叟莲娃[17]。千骑拥高牙[18]。乘醉听箫鼓，吟赏烟霞[19]。异日图将好景[20]，归去凤池夸[21]。

### 注释

[1]选自柳永《乐章集》。这首词是作者在杭州时所作。据说，真宗咸平末年(1002—1003年)，柳永从家乡前往京城开封应考，路经钱塘(今浙江杭州)，为了谒见两浙转运使孙何，写了这首词。

[2][东南形胜]东南，杭州地处东南方。形胜，地理位置优越，地势险要，也指山川壮美。

[3][三吴都会]三吴，指吴兴、吴郡、会稽。北魏郦道元《水经注·渐江注》："汉高帝十二年，一吴也，后分为三，世号'三吴'。吴兴、吴郡、会稽其一焉。"也泛指长江下游一代。都会，大城市。

[4][钱塘]现在杭州，当时属吴郡。

49

[5][画桥]上面画有彩绘的桥梁。
[6][风帘翠幕]挡风的帘子和翠绿的帷幕。
[7][参差]一说房屋楼阁高低不齐。一说数量上的不确定,有"大约"的意思。
[8][云树]云和树,也指高耸入云的树木。
[9][天堑]天然形成的壕沟,这里指钱塘江。
[10][珠玑(jī)]泛指大小不同的各种珠宝。
[11][户盈罗绮]盈,充满。罗绮,罗和绮,多借指丝绸衣裳,也指衣着华贵的女子。
[12][奢]押韵旧读"shā"。
[13][重(chóng)湖叠巘(yǎn)清嘉]重湖,指西湖。西湖中间的白堤把湖面一分为二,分成了里湖和外湖,故有"重湖"之说。叠巘,重叠的山峰。清嘉,美好。
[14][三秋]秋季。农历七月称孟秋,八月称仲秋,九月称季秋,合称三秋。
[15][羌管弄晴]意思是悠扬的羌笛声在晴空中飘荡。羌管,即羌笛,古代的管乐器,长二尺四寸,三孔或四孔,因出于羌中,故名。
[16][菱歌泛夜]菱歌,采菱之歌。泛夜,在夜间飞扬。
[17][嬉嬉钓叟莲娃]嬉嬉,喜笑的样子。钓叟,钓鱼的老翁。莲娃,采莲的姑娘。
[18][高牙]大纛、牙旗。《文选》潘岳《关中诗》:"桓桓梁征,高牙乃建。"李善注:"牙,牙旗也。"兵书曰:牙旗,将军之旗。"李周翰注:"牙,大旗也。"这里指大官高扬的仪仗旗帜。
[19][烟霞]烟雾和云霞,也指山水胜景。
[20][图将]把杭州美景画出来。将,用在动词后的语气助词。
[21][凤池]凤凰池,禁苑中池沼。魏晋南北朝时设中书省于禁苑,掌管机要,接近皇帝,故称中书省为"凤凰池"。唐代宰相称同中书门下平章事,故多以"凤凰池"指宰相职位。

## 桂枝香·金陵怀古[1]

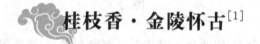

### 王安石

登临送目[2],正故国晚秋[3],天气初肃。千里澄江似练[4],翠峰如簇[5]。归帆去棹残阳里[6],背西风,酒旗斜矗。彩舟云淡,星河鹭起[7],画图难足[8]。

念往昔,繁华竞逐[9],叹门外楼头[10],悲恨相续[11]。千古凭高对此[12],漫嗟荣辱[13]。六朝旧事随流水[14],但寒烟芳草凝绿[15]。至今商女[16],时时犹歌,[17]后庭遗曲[18]。

### 注释

[1]选自《临川文集》。
[2][登临送目]登临,登山临水。送目,远望。
[3][正故国晚秋]故国,即故都,金陵为三国吴、东晋、宋、齐、梁、陈六朝故都,故称故国。晚秋,暮秋。
[4][千里澄江似练]澄江,平静而澄清的江水。练,白色的绢。谢朓《晚登三山还望京邑》:

"余霞散成绮,澄江静如练。"

[5][翠峰如簇]簇,丛聚成的堆。

[6][归帆去棹(zhào)残阳里]归帆,归来的船。归,一作"征"。去棹,归棹,归来的船。棹,划船的一种工具,代指船。

[7][星河鹭起]星河,指银河,这里指长江。杜甫《阁夜》:"三峡星河影动摇。"

[8][画图难足]用图画也难以表现。

[9][繁华竞逐]"竞逐繁华"的倒文。(六朝的达官贵人)争着过豪华的生活。

[10][门外楼头]南朝陈亡国的惨剧。语出杜牧《台城曲》:"门外韩擒虎,楼头张丽华。"韩擒虎是隋朝开国大将,他已带兵来到金陵朱雀门(南门)外,陈后主尚与他的宠妃张丽华于结绮阁上寻欢作乐。门,指朱雀门。楼,指结绮阁。

[11][悲恨相续]亡国悲剧连续不断地发生。

[12][凭高]登高。

[13][漫嗟荣辱]空叹什么荣耀耻辱。

[14][六朝]三国吴、东晋和南朝的宋、齐、梁、陈,相继建都建康(吴名建业,今南京市),史称为六朝。

[15][芳草]一作"衰草"。

[16][商女]歌女。

[17][歌]一作"唱"。

[18][后庭遗曲]相传为陈后主所作的歌曲《玉树后庭花》。杜牧《泊秦淮》:"商女不知亡国恨,隔江犹唱后庭花。"

## 念奴娇·赤壁怀古[1]

### 苏轼

大江东去[2],浪淘尽[3],千古风流人物。故垒西边[4],人道是,三国周郎赤壁[5]。乱石穿空[6],惊涛拍岸[7],卷起千堆雪。江山如画,一时多少豪杰。

遥想公瑾当年,小乔初嫁了[8],雄姿英发。羽扇纶巾[9],谈笑间,樯橹灰飞烟灭[10]。故国神游[11],多情应笑我,早生华发[12]。人生如梦[13],一尊还酹江月[14]。

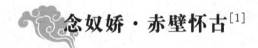

注释

[1]选自《东坡词》。这首词作于元丰五年(1082年),苏轼所游的是黄州(今湖北黄冈)的赤鼻矶,并非赤壁之战旧址。

[2][大江]长江。

[3][淘]冲洗。

[4][故垒]古代的堡垒、残留的营垒。

[5][周郎]周瑜,字公瑾,孙权军中指挥赤壁大战的将领。24岁时即出任孙策的中郎将,

[6][穿空]插入天空。一作"乱石崩云"。

[7][惊涛拍岸]此句一作"惊涛掠岸"。

[8][小乔]乔玄的小女儿,周瑜之妻。

[9][羽扇纶(guān)巾](手持)羽扇,(头戴)纶巾。这是古代儒将的装束,形容周瑜有儒将风度。纶巾,配有青丝带的头巾。

[10][樯(qiáng)橹]代指曹操的水军。一作"强虏"。樯,挂帆的桅杆。橹,一种摇船的桨。

[11][故国神游]即"神游故国",作者神游于古战场。

[12][多情应笑我,早生华发]是"应笑我多情早生华发"的倒装。华发,花白的头发。"华"通"花"。按,此句断句一作"多情应笑,我早生华发"。

[13][人生]一作"人间"。

[14][一尊还酹(lèi)江月]还是把一杯酒献给江上的明月。"尊"同"樽",酒杯。酹,将酒洒在地上,以表示凭吊。还,诗文中习惯读为huán。

## 江城子·乙卯正月二十日夜记梦[1]

### 苏轼

十年生死两茫茫[2]。不思量,自难忘[3]。千里孤坟[4],无处话凄凉。纵使相逢应不识,尘满面,鬓如霜。

夜来幽梦忽还乡[5]。小轩窗[6],正梳妆。相顾无言,惟有泪千行。料得年年断肠处,明月夜,短松冈[7]。

### 注释

[1]选自《东坡乐府笺》。乙卯,1075年,即北宋熙宁八年。

[2][十年生死]苏轼19岁时与16岁的王弗结婚,治平二年(1065年)王弗27岁去世。

[3][不思量,自难忘]"量""忘",押韵旧读平声。

[4][千里孤坟]苏轼《亡妻王氏墓志铭》:"治平二年五月丁亥,赵郡苏轼之妻王氏(名弗),卒于京师。六月甲午,殡于京城之西。其明年六月壬午,葬于眉之东北彭山县安镇乡可龙里先君先夫人墓之西北八步。"熙宁八年,苏轼在山东密州任知州,王弗墓在四川眉山。

[5][幽梦]隐约的梦境。

[6][轩窗]窗户。轩的意义很多,可指有窗的长廊或小屋,也可指门、窗、楼板或栏杆。

[7][短松冈]王弗坟茔所在地。短松,矮松。

## 鹊桥仙[1]

### 秦观

纤云弄巧[2],飞星传恨[3],银汉迢迢暗度[4]。金风玉露一相逢[5],便胜却人间无数。柔情似水,佳期如梦[6],忍顾鹊桥归路[7]。两情若是久长时,又岂在朝朝暮暮[8]。

**注释**

[1]选自秦观《淮海词》。
[2][纤云弄巧]轻盈的云彩在空中幻化成各种巧妙的花样,暗示这是乞巧节。
[3][飞星传恨]被银河阻隔的牛郎、织女二星,闪现出离愁别恨的样子。飞星,流星;一说牵牛、织女二星。
[4][银汉迢迢暗度]银汉,银河。暗度,悄悄渡过。
[5][金风玉露一相逢]金风,秋风,秋天在五行中属金。玉露,晶莹如玉的露珠,指秋露。金风玉露,指秋天的风露。李商隐《辛未七夕》:"由来碧落银河畔,可要金风玉露时。"
[6][佳期]男女约会的日期。《楚辞·九歌·湘夫人》:"与佳期兮夕张。"王逸注:"佳谓湘夫人也……与夫人期歆飨之也。"
[7][忍顾]怎么忍心回头看。
[8][朝朝暮暮]朝夕相聚。语出宋玉《高唐赋》:"妾在巫山之阳,高丘之阻,旦为朝云,暮为行雨。朝朝暮暮,阳台之下。"

## 苏幕遮[1]

### 周邦彦

燎沉香[2],消溽暑[3]。鸟雀呼晴,侵晓窥檐语。叶上初阳干宿雨[4]。水面清圆,一一风荷举[5]。
故乡遥,何日去。家住吴门[6],久作长安旅[7]。五月渔郎相忆否[8]。小楫轻舟[9],梦入芙蓉浦[10]。

**注释**

[1]选自周邦彦《片玉词》。
[2][燎(liǎo)沉香]燎,焚烧。沉香,薰香料名,又称沉水香、蜜香。

[3] [溽(rù)暑] 夏季潮湿闷热的气候。

[4] [宿雨] 昨夜的雨水。

[5] [水面清圆，一一风荷举] 王国维《人间词话》："美成《苏幕遮》词：'叶上初阳干宿雨。水面清圆，一一风荷举。'此真能得荷之神理者。觉白石《念奴娇》《惜红衣》二词犹有隔雾看花之恨。"

[6] [吴门] 苏州一带，其为春秋吴国故地，故称"吴门"。

[7] [长安旅] 谓旅居长安。

[8] [否] 押韵叶韵读"甫"（辛弃疾《永遇乐》结句亦如此）。

[9] [楫(jí)] 短桨。

[10] [梦入芙蓉浦] 芙蓉，荷花。浦，水边，也泛指池、塘、江、河等水面。唐皎然《奉和颜鲁公真卿落玄真子舴艋舟歌》："停绅乍入芙蓉浦，击汰时过明月湾。"

## 作家作品

温庭筠（约812—约870年），唐代诗人、词人，本名岐，字飞卿，太原祁（今山西祁县）人。文思敏捷，精通音律。《北梦琐言》说温庭筠"才思艳丽，工于小赋，每入试，押官韵作赋，凡八叉手而八韵成"，所以时人称其为"温八叉"。诗词兼工，诗与李商隐齐名，并称"温李"；词与韦庄齐名，并称"温韦"。作为晚唐著名诗人，温庭筠诗词俱佳，以词著称。温庭筠诗词，在艺术上有独到之处，辞藻华丽，清婉精丽，内容多写闺情，历代诗论家对温庭筠诗词评价甚高，被誉为花间派鼻祖。存词70余首，后人辑有《温飞卿集》及《金奁集》。

李煜（937—978年），字重光，初名从嘉，号钟山隐士、莲峰居士，五代十国时南唐国君，南唐元宗李璟第六子，于宋建隆二年（961年）继位，史称"李后主"。开宝八年（975年），宋军破南唐都城，李煜降宋，被俘至汴京，封为右千牛卫上将军、违命侯。后因作感怀故国的名词《虞美人》而被宋太宗赐毒死。李煜虽不通政治，但其艺术才华非凡，精书法、善绘画、通音律，诗和文均有一定造诣，尤以词的成就最高，被称为"千古词帝"。李煜词的内容主要可分作两类：第一类为降宋前所写，主要反映宫廷生活和男女情爱，题材较窄；第二类为降宋后所写，李煜因亡国的深痛、对往事的追忆，融合自身感情而作，此时期的作品成就远远超过前期，可谓"神品"，千古杰作《虞美人》《浪淘沙》《乌夜啼》《相见欢》等词，皆成于此时。

柳永（约987—约1053年），北宋著名词人，崇安（今福建建武夷山）人，原名三变，字景庄，后改名永，字耆卿，排行第七，又称柳七。宋仁宗朝进士，官至屯田员外郎，故世称"柳屯田"。柳永自称"奉旨填词柳三变"，以毕生精力作词，并以"白衣卿相"自诩。其词多描绘城市风光和歌伎生活，尤长于抒写羁旅行役之情，制作了大量的慢词。其词情景交融，语言通俗，音律谐婉，在当时流传极其广泛，人称"凡有井水饮处，即能歌柳词"，对宋词的发展有重大影响。

王安石（1021—1086年），字介甫，世称临川先生，号半山，封荆国公，谥"文"，世人又称其为王文公、王荆公，北宋抚州临川人（今江西省抚州市人）。王安石是中国历史上杰出的政治家、思想家、文学家、改革家，其变法对北宋后期社会经济具有深刻的影响。王安石在文学上具有突出成就,为"唐宋八大家"之一。他一生写了不少深刻反映人民疾苦和社会问题的作品。其诗"学杜得其瘦硬",擅长于说理与修辞,善于用典故,有的风格遒劲有力、警辟精绝,有的风格雄健峭拔、修辞凝练,也有情韵深婉的作品,对后来宋诗的发展有很大影响,有《临川文集》《临川集拾遗》等存世。

苏轼,见第五课"作家作品"。

秦观(1049—1100年),字少游,一字太虚,号淮海居士,别号邗沟居士,后世称之为"淮海公",北宋中后期著名文学家、词人,高邮(今属江苏)人。秦观文辞为苏轼所赏识,与黄庭坚、张耒、晁补之合称"苏门四学士"。其散文长于议论;其词多写男女情爱,也颇有感伤身世之作,风格委婉含蓄,清丽雅淡;其诗风与词风相近。著有《淮海集》《淮海居士长短句》等,代表作为《鹊桥仙·纤云弄巧》《满庭芳·山抹微云》《望海潮·梅英疏淡》等。其所编撰的《蚕书》,是我国现存最早的一部蚕桑专著。

周邦彦(1057—1121年),字美成,号清真居士,钱塘(今浙江杭州)人,婉约派的代表词人之一。宋神宗时成为太学生,撰《汴都赋》歌颂新法,受到神宗赏识,升任太学正。此后十余年间,在外漂流,历任庐州教授、溧水县令等职。宋哲宗绍圣三年(1096年)以后又回到汴京,任国子监主簿、校书郎等职。宋徽宗时提举大晟府,负责谱制词曲,供奉朝廷。周邦彦精通音律,曾创作不少新词调。作品多写闺情、羁旅,也有咏物之作,格律谨严,语言曲丽精雅,长调尤善铺叙,在婉约词人中长期被尊为"正宗"。旧时词论称他为"词家之冠"或"词中老杜"。有《清真居士集》,已佚,今存《片玉集》。

### 研讨与练习

(1)作为一个谙声色、不恤国事的统治者,李煜的确是没有多少值得后人称道的地方,然而作为一个文人、一个才子、一代婉约词派的代表人物、一位对豪放派词风有着举足轻重影响的词人,李煜却给后人留下许多惊天地、泣鬼神的佳作。请列举你所知道的李煜的诗词,分析其风格。

(2)柳永精通音律,倾一生精力作词,其词开一代风气。他的部分词作生动地展现了北宋前、中期都市的繁华富庶、节日盛况和民情风俗。有羁旅行役之词,也有狎妓行乐之词,比较典型地体现了落魄士子和市民阶层的思想情趣。故而有人说柳词有雅、俗之分,认为其表现情场生活的词作以俗为主,表现羁旅行役、都市风光的词作以雅为主。你同意这一说法吗?阐述你的理由。

(3)在苏轼被贬黄州期间,他曾三游赤壁,写下了一词二赋的千古名篇:《念奴娇·赤壁怀古》《前赤壁赋》《后赤壁赋》。试将这三篇作品相互比较,看看它们在表达思想感情方面的异同。

朗读并背诵《菩萨蛮》《虞美人》《望海潮》《桂枝香·金陵怀古》《念奴娇·赤壁怀古》《江城子·乙卯正月二十日夜记梦》《鹊桥仙》《苏幕遮》。

**推荐书目**

1. 《花间集》
2. 唐圭璋《唐宋词简释》
3. 俞平伯《读词偶得·清真词释》
4. 叶嘉莹《迦陵论词丛稿》《唐宋词十七讲》

特别推荐：王建、刘禹锡、白居易、温庭筠、李璟、李煜、韦庄、冯延巳、欧阳炯、孙光宪、宋祁、柳永、张先、晏殊、欧阳修、范仲淹、王安石、苏轼、黄庭坚、秦观、李之仪、贺铸、晏几道、周邦彦。

# 第七课

## 南宋词选读

 声声慢[1]

### 李清照

寻寻觅觅,冷冷清清,凄凄惨惨戚戚[2]。乍暖还寒时候[3],最难将息[4]。三杯两盏淡酒,怎敌他晚来风急[5]?雁过也,正伤心,却是旧时相识[6]。

满地黄花堆积[7],憔悴损[8],如今有谁堪摘[9]?守着窗儿,独自怎生得黑[10]!梧桐更兼细雨,到黄昏,点点滴滴。这次第[11],怎一个愁字了得[12]!

### 注释

[1]选自《御选历代诗余》。李清照《漱玉词》题作"秋情"。宋罗大经《鹤林玉露》:"近时李易安词云:'寻寻觅觅,冷冷清清,凄凄惨惨戚戚。'起头连叠七字。以一妇人,乃能创意出奇如此。"宋张端义《贵耳集》:"秋词《声声慢》:'寻寻觅觅,冷冷清清,凄凄惨惨戚戚。'此乃公孙大娘舞剑手,本朝非无能词之士,未曾有一下十四叠字者,用《文选》诸赋格。后叠又云:'梧桐更兼细雨,到黄昏,点点滴滴。'又使叠字,俱无斧凿痕。更有一奇字云:'守着窗儿,独自怎生得黑。''黑'字不许第二人押。"

[2][戚戚]忧伤的样子。

[3][乍暖还寒]形容冬末春初气候忽冷忽热,温度不定。

[4][将息]调养休息。

[5][怎敌他晚来风急]敌,抵挡。晚来,《漱玉词》作"晓来"。

[6][雁过也,正伤心,却是旧时相识]古时有鸿雁传书之说,言此雁曾为我传书,今则无书可传,故云"正伤心,却是旧时相识"。又,作者从北方流落南方,见雁而动故乡之思,故云。

[7][黄花]菊花。

[8][损]厉害、严重,表示极深。

[9][堪摘]可摘。

[10][怎生得黑]怎样挨到天黑呢。怎生,怎样。生,语助词。

57

[11][次第]光景、情形。
[12][了得]了结。

## 念奴娇·过洞庭[1]

### 张孝祥

洞庭青草[2]，近中秋，更无一点风色[3]。玉鉴琼田三万顷[4]，着我扁舟一叶。素月分辉，明河共影，表里俱澄澈[5]。悠然心会[6]，妙处难与君说。

应念岭海经年[7]，孤光自照[8]，肝肺皆冰雪。短发萧骚襟袖冷[9]，稳泛沧浪空阔[10]。尽吸西江[11]，细斟北斗[12]，万象为宾客。扣舷独啸，不知今夕何夕。

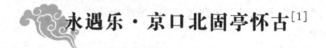

[1]选自《于湖集》。宋乾道二年（1166年），张孝祥遭谗罢官，北归经洞庭湖作此词。
[2][青草]南朝宋盛弘之《荆州记》："巴陵南有青草湖，周回数百里，日月出没其中。"
[3][风色]风。
[4][玉鉴琼田]玉镜，玉田，形容月下皎洁开阔的水面。
[5][澄澈]清澈明亮。
[6][心会]心中领会
[7][岭海经年]岭海，指两广地区。其地北倚五岭，南临南海，故名。经年，经过一年或若干年。乾道元年（1165年）至乾道二年（1166年），张孝祥复官，出知静江府，静江即今广西桂林。
[8][孤光]孤独的光、单独的光，多指日光或月光。
[9][萧骚]形容风吹树叶等的声音。这里形容风吹头发，或头发稀疏。
[10][沧浪(láng)]青色的水。
[11][尽吸西江]宋释道原《景德传灯录》："待汝一口吸尽西江水，即向汝道。"比喻一气呵成，贯通万法。吸，一作"挹"。
[12][细斟北斗]语出《诗经·小雅·大东》："维北有斗，不可以挹酒浆。"

## 永遇乐·京口北固亭怀古[1]

### 辛弃疾

千古江山，英雄无觅孙仲谋处[2]。舞榭歌台[3]，风流总被雨打风吹去[4]。斜阳草树，寻常巷陌[5]，人道寄奴曾住[6]。想当年[7]，金戈铁马，气吞万里如虎。
元嘉草草[8]，封狼居胥[9]，赢得仓皇北顾[10]。四十三年，望中犹记，烽火扬州路[11]。可堪回首[12]，佛狸祠下[13]，一片神鸦社鼓[14]。凭谁问，廉颇老矣，尚能饭否[15]？

## 注释

[1]选自《稼轩词》。京口,古城名,即今江苏镇江。北固亭,又名北固楼,在今镇江东北的北固山上,下临长江。

[2][英雄无觅孙仲谋处]即无处寻觅如孙仲谋那样的英雄。孙仲谋,三国时期吴大帝孙权,字仲谋。

[3][舞榭歌台]表演歌舞的楼台。榭,建筑在高台上的房屋。

[4][风流总被雨打风吹去]风流,遗风,流风余韵,这里指功绩。"风流总被雨打风吹去"按语意不断,按词谱,"风流总被"四字为一句。

[5][寻常巷陌]普通街巷。

[6][寄奴]南朝宋武帝刘裕的小名。他生长在平常人家,后做了东晋将领,怀着私念出兵北伐,先后灭南燕、后秦,一度收复洛阳、长安等地。后推翻东晋,自立为帝。

[7][当年]指刘裕为恢复中原而大举北伐之时。

[8][元嘉草草]元嘉,南朝宋文帝刘义隆的年号(424—453年)。草草,轻率。刘义隆好大喜功,仓促北伐,反让北魏主拓跋焘抓住机会,遭遇惨败。

[9][封狼居胥]封,封禅、祭名,积土增山曰封,为墠(shàn)祭地曰禅。狼居胥,山名,在今蒙古国境内。汉武帝元狩四年(公元前119年),霍去病远征匈奴,歼敌七万余,封狼居胥山而还。后来就把"封狼居胥"作为开拓疆土、建立战功的代称。

[10][赢得仓皇北顾]赢得,剩得、落得。仓皇北顾,仓皇败退,回头北望追兵。

[11][扬州路]今江苏扬州一带。路,宋时行政区域名。

[12][可堪]犹岂堪、那堪,即怎能忍受得了。

[13][佛狸]北魏太武帝拓跋焘小名佛狸。450年,拓跋焘率北魏军反攻刘宋,在长江北岸瓜步山建立行宫,即后来的佛狸祠。

[14][神鸦社鼓]神鸦,指庙里吃祭品的乌鸦。社鼓,旧时社日祭神所鸣奏的鼓乐,也指庙内敲的鼓。

[15][凭谁问,廉颇老矣,尚能饭否]凭,依靠。廉颇是战国时期赵国的名将,被人陷害,出奔魏国。后秦攻赵,赵王想再用廉颇,怕他已衰老,派使者去探看。廉颇的仇人郭开贿赂使者,使者回来报告赵王说:"廉颇将军虽老,尚善饭,然与臣坐,顷之三遗矢(屎)矣。"赵王以为廉颇已老,遂不用。否,押韵旧读音"府"。

# 菩萨蛮·书江西造口壁[1]

## 辛弃疾

郁孤台下清江水[2],中间多少行人泪[3]。西北是长安[4],可怜无数山。
青山遮不住,毕竟东流去。江晚正愁余[5],山深闻鹧鸪。

**注释**

[1]选自辛弃疾《稼轩词》。造口,一名皂口,在江西万安县南30公里。
[2][郁孤台]在今江西赣州市区北部贺兰山顶,始建于唐代,因树木葱郁、山势孤独而得名。
[3][间]平声,jiān。
[4][西北是长安]是,一作"望"。
[5][愁余]使我愁绪满怀。《湘夫人》:"目眇眇兮愁予。"

## 青玉案·元夕[1]

### 辛弃疾

东风夜放花千树[2],更吹落[3],星如雨。宝马雕车香满路[4],凤箫声动[5],玉壶光转[6],一夜鱼龙舞[7]。
蛾儿雪柳黄金缕[8],笑语盈盈暗香去。众里寻他千百度[9],蓦然回首[10],那人却在,灯火阑珊处[11]。

**注释**

[1]选自辛弃疾《稼轩词》,个别字句依别本。元夕,旧称农历正月十五为上元节,是夜称元夕,也称元夜、元宵。
[2][东风]春风。
[3][更吹落]朱彝尊编《词综》作"更吹陨"。
[4][宝马雕车]珍贵的马匹、华丽的车子。
[5][凤箫]排箫。参差如凤翼,故名。
[6][玉壶]玉制的灯。
[7][鱼龙]一种杂技,表演鱼化为龙的舞蹈,为汉代百戏之一。这里泛指各种演艺。
[8][蛾儿雪柳黄金缕]蛾儿、雪柳,古代妇女元宵节前后插在头上的绢或纸制成的饰物。黄金缕,头饰上的金丝绦。
[9][他]《稼轩词》作"它",此处从《词综》本作"他"。
[10][蓦(mò)然]忽然。
[11][阑珊]衰减、暗淡。王国维《人间词话》:"古今之成大事业、大学问者,必经过三种之境界。'昨夜西风凋碧树。独上高楼,望尽天涯路'此第一境也。'衣带渐宽终不悔,为伊消得人憔悴'此第二境也。'众里寻他千百度,蓦然回首,那人却在,灯火阑珊处'此第三境也。此等语皆非大词人不能道。然遽以此意解释诸词,恐为晏欧诸公所不许也。"

# 扬州慢[1]

## 姜夔

【序】淳熙丙申至日[2],余过维扬[3]。夜雪初霁[4],荠麦弥望[5]。入其城,则四顾萧条,寒水自碧,暮色渐起,戍角悲吟[6]。予怀怆然,感慨今昔,因自度此曲[7]。千岩老人以为有黍离之悲也[8]。

淮左名都[11],竹西佳处[10],解鞍少驻初程[11]。过春风十里[12],尽荠麦青青。自胡马窥江去后[13],废池乔木[14],犹厌言兵。渐黄昏,清角吹寒[15],都在空城。

杜郎俊赏[16],算而今[17],重到须惊。纵豆蔻词工[18],青楼梦好[19],难赋深情[20]。二十四桥仍在[21],波心荡,冷月无声。念桥边红药[22],年年知为谁生[23]?

### 注释

[1]选自《白石道人歌曲》。

[2][淳熙丙申至日]南宋孝宗淳熙三年(1176年)冬至,这一年为丙申年。

[3][维扬]扬州的别名。《尚书·禹贡》:"淮海惟扬州。"惟,通"维"。后截取二字以为名。

[4][霁]雨雪停而天晴。

[5][荠(jì)麦]荠菜和麦子。

[6][戍角]军营中的号角。

[7][自度]自己创作。

[8][千岩老人以为有黍离之悲也]南宋诗人萧德藻,字东夫,自号千岩老人。姜夔曾跟他学诗,又是他的侄女婿。黍离之悲,指亡国之痛。《诗经·王风·黍离·序》:"黍离,闵(悯)宗周也。周大夫行役,至于宗周,过故宗庙宫室,尽为禾黍,闵周室之颠覆,彷徨不忍去而作是诗也。"后遂用作感慨亡国之词。

[9][淮左名都]淮左,即淮东。宋在苏北和江淮设淮南东路和淮南西路,淮南东路又称淮左。名都,著名的城市。

[10][竹西佳处]扬州。语出杜牧《题扬州禅智寺》:"谁知竹西路,歌吹是扬州。"

[11][初程]刚开始的旅程。

[12][春风十里]杜牧《赠别二首》(其一):"春风十里扬州路,卷上珠帘总不如。"这里指昔日扬州的繁华街道。

[13][胡马窥江]指金兵南侵至长江,扬州两次遭到焚掠。

[14][废池乔木]废毁的池台、残存的古树。

[15][清角]凄清的号角。

[16][杜郎俊赏]杜郎,指唐朝诗人杜牧,曾在扬州任淮南节度使掌书记。俊赏,快意的游赏。

[17]〔算〕料想。

[18]〔豆蔻词工〕杜牧《赠别二首》(其一):"娉娉袅袅十三余,豆蔻梢头二月初。春风十里扬州路,卷上珠帘总不如。"

[19]〔青楼梦好〕杜牧《遣怀》:"落魄江南载酒行,楚腰肠断掌中轻。十年一觉扬州梦,赢得青楼薄幸名。"

[20]〔难赋深情〕纵然有像杜牧那样能写出像"豆蔻""青楼"那些美好诗句的才华,面对扬州残破的景象,也难写出深情之句(一说也难写出悲痛之情)。

[21]〔二十四桥〕故址在江苏省扬州市江都区西郊。《方舆胜览》谓隋代已有二十四桥,并以城门坊市为名。宋将领韩令坤筑州城,别立桥梁,所谓二十四桥或存或废,已难查考。宋沈括《梦溪补笔谈·杂志》:"扬州在唐时最为富盛。旧城南北十五里一百一十步,东西七里三十步,可纪者有二十四桥。最西浊河茶园桥……自驿桥北河流东出,有参佐桥,今开元寺前,次东水门,今有新桥,非古迹也,东出有山光桥。"系指扬州城外西自浊河茶园桥起,东至山光桥止沿途所有的桥。清李斗《扬州画舫录》则以为:"廿四桥即吴家砖桥,一名红药桥……《扬州鼓吹词》云:是桥因古之二十四美人吹箫于此,故名。"杜牧《寄扬州韩绰判官》:"青山隐隐水迢迢,秋尽江南草未凋。二十四桥明月夜,玉人何处教吹箫。"

[22]〔桥边红药〕二十四桥又名红药桥,桥边生红芍药。

[23]〔知为谁〕不知道为谁。按,结句亦可断作:"念桥边、红药年年,知为谁生?"

# 贺新郎·实之三和有忧边之语,走笔答之[1]

## 刘克庄

国脉微如缕[2]。问长缨何时入手[3],缚将戎主[4]。未必人间无好汉,谁与宽些尺度[5]。试看取当年韩五[6]。岂有谷城公付授[7],也不干曾遇骊山母[8]。谈笑起,两河路[9]。

少时棋柝曾联句[10]。叹而今登楼揽镜,事机频误[11]。闻说北风吹面急,边上冲梯屡舞[12]。君莫道投鞭虚语[13]。自古一贤能制难[14],有金汤便可无张许[15]?快投笔[16],莫题柱[17]。

### 注释

[1]选自《全宋词》,个别字句依别本。实之,作者友人王实之,宋理宗淳祐间为吉州掾属。三和(hè),用《贺新郎》原韵第三次酬和。忧边之语,忧虑敌人侵犯边境的话。

[2]〔国脉〕国家命脉。

[3]〔长缨〕长带子、长绳子。《汉书·终军传》:"军自请:'愿受长缨,必羁南越王而致之阙下。'"

[4]〔缚将戎主〕将,助词。戎主,敌人的首领。按,刘克庄《后村集》作"仰酬明主"。

[5]〔尺度〕标准。

[6]〔韩五〕南宋名将韩世忠,排行第五。

[7][谷城公]亦称黄石公。传说汉代张良曾于谷城山下遇仙人传授兵书。

[8][也不干曾遇骊山母]也不干，也和……无关。骊山母，一作黎山老母，道教传说中的女仙。传说唐朝李筌曾在骊山下遇一老母为他讲解《阴符》秘文。《太平广记·李筌》："(李筌)至嵩山虎口岩得黄帝《阴符经》本……至骊山下逢一老母……母曰：'吾授此符已三元六周甲子矣，少年从何而得之？'……于是坐于石上，与筌说《阴符》之义。"

[9][两河路]宋代行政区划河北东路和河北西路，即今河北、山西、河南部分地区。两句谓韩世忠于谈笑之间破金兵于两河路。

[10][少时棋柝曾联句]棋柝，语出李正封、韩愈《晚秋郾城夜会联句》："从军古云乐，谈笑青油幕。灯明夜观棋，月暗秋城柝。"(四句为李正封句)联句，两人或多人各作一句或数句，组合成一首诗。此句谓与友人少时联句如韩、李，慨然有从军之志。

[11][叹而今登楼揽镜，事机频误]登楼揽镜，上楼照镜，慨叹功业未建，人已衰老。事机，事情的先机。亦为古代军事术语，指战争中用来损害敌方的计谋。

[12][冲梯]冲车和云梯，古代攻城的工具。

[13][投鞭]东晋时前秦苻坚欲大规模入侵，石越以为东晋有长江天险，不宜兴兵。苻坚说："以吾之众旅，投鞭于江，足断其流。"后比喻军队众多，兵力强大。

[14][自古一贤能制难(nàn)]制难，挽回危难的局势。《旧唐书·突厥列传上》："右补阙卢俌上疏曰：'……臣闻汉拜郅都，匈奴避境；赵命李牧，林胡远窜。则朔方之安危，边城之胜负，地方千里，制在一贤。其边州刺史不可不慎择，得其人而任之。'"李白《在水军宴赠幕府诸侍御》："聚散百万人，驰张在一贤。"

[15][有金汤便可无张许]金汤，"金城汤池"的省语，比喻坚固的防御工事。便可，就可以。张许，张巡和许远，唐代安史之乱时死守睢阳的名将。

[16][投笔]投笔从戎。汉代班超因家贫而常为官佣书以供养，后辍业而叹："大丈夫无它志略，犹当效傅介子、张骞立功异域。"(见《后汉书·班超传》)

[17][题柱]相传东汉灵帝时，长陵田凤为尚书郎，仪貌端正，入奏事，"灵帝目送之，因题殿柱曰：'堂堂乎张，京兆田郎。'"后遂以"题柱"指代郎官得到皇帝赏识之典。又，司马相如有题桥柱之事。司马相如初离蜀赴长安，曾于成都城北升仙桥题句于桥柱，自述致身通显之志，曰："不乘赤车驷马，不过汝下也！"事见晋常璩《华阳国志·蜀志》。

## 作家作品

李清照(1084—1155年)，女词人，号易安居士，齐州章丘(今山东省济南市章丘区)人，婉约词派代表。父李格非为当时著名学者，夫赵明诚为金石考据家。李清照幼有才藻，18岁适金石家赵明诚，夫妇感情甚笃。金兵入据中原，流寓南方，赵明诚病死，境遇孤苦。李清照工诗能文，词尤为宋代大家。前期词多写闺情相思，后期词融入家国之恨与身世之感，风格顿变。形式上善用白描手法，自辟蹊径，语言清丽，形成辛弃疾所称道的"易安体"。有《易安居士文集》《易安词》，已散佚，后人有《漱玉词》辑本。

张孝祥(1132—1170年)，字安国，别号于湖居士，历阳乌江(今安徽和县乌江镇)人，唐诗人张籍七世孙。绍兴二十四年(1154年)状元及第，授承事郎，签书镇东军节度判官。由于上书为岳飞辩冤，为权相秦桧所忌，诬陷其父张祁有反谋，并将其父下狱。次年，秦桧死，授秘书省正字。历任秘书郎、著作郎、集英殿修撰、中书舍人等职,还出任过抚州、平江府、静江府、潭州等地的长官,颇有政绩。乾道五年(1169年),以显谟阁直学士致仕,次年在芜湖病逝,年仅38岁。张孝祥为"豪放派"代表作家之一,有《于湖居士文集》《于湖集》等传世。

辛弃疾(1140—1207年),原字坦夫,改字幼安,自号稼轩居士,历城(今山东济南)人,南宋爱国词人。辛弃疾出生时,中原已为金兵所占。他21岁参加抗金义军,不久归南宋。曾在湖北、江西、湖南、福建、浙东等地任职,一生力主抗金。辛弃疾存词600多首。他善于以诗、以文为词,常用暗喻和比兴手法,抒写力图恢复国家统一的爱国热情,倾诉壮志难酬的悲愤,对当时执政者的屈辱求和谴责颇多;他也有不少吟咏祖国河山的作品。辛弃疾词题材广阔,他善化用前人典故入词,使词旨委婉含蓄并具有沉郁顿挫的韵致。他的词,虽然以雄浑豪放为主,但并不缺乏清丽婉约之作。作品集有《稼轩长短句》。辛弃疾在文学上与苏轼齐名,号称"苏辛",与李清照并称"济南二安"。

姜夔(约1154—约1221年),饶州鄱阳(今江西鄱阳县)人,字尧章,别号白石道人,南宋文学家、音乐家。他少年孤贫,屡试不第,终生未仕,一生转徙鄂、赣、皖、苏、浙间,与诗人词家杨万里、范成大、辛弃疾等交游。姜夔多才多艺,精通音律,能自度曲,其词格律严密,有诗词、诗论、乐书、字书、杂录等多种著作,是难得的艺术全才。其作品素以空灵含蓄著称,有《白石道人歌曲》等。

刘克庄(1187—1269年),字潜夫,号后村,谥文定,福建莆田县(今福建省莆田市)人,南宋豪放派词人、江湖诗派诗人。历任靖安主簿、真州录事、建阳县知县、帅司参议官、枢密院编修官。淳祐六年(1246年),宋理宗因其久有文名,赐其同进士出身,后任秘书少监,官居工部尚书、建宁府知府。景定五年(1264年),以焕章阁学士之职致仕。游国恩《中国文学史》:"刘克庄的《后村别调》存词百多首,大部分是长调,比辛词议论更多,气格更接近散文。他发展了辛词奔放、疏宕的一面,而缺乏它的深沉与精警。"

## 研讨与练习

(1)李清照的创作生活始于北宋末,终于南宋初。她既享受过安逸、宁静的生活,也遭遇了国破、家亡、夫死、形单影只的灾难与不幸。请分析《点绛唇·蹴罢秋千》和《声声慢·寻寻觅觅》分别写为李清照的什么时期。

(2)张孝祥《六州歌头·长淮望断》是南宋豪放派代表词作之一。陈霆《渚山堂词话》记载:"张安国在沿江帅幕。一日预宴,赋《六州歌头》云:'长淮望断,关塞莽然平。征尘暗,霜风劲,悄边声。黯销凝。追想当年事,殆天数,非人力;洙泗上,弦歌地,亦膻腥。隔水毡乡,落日牛羊下,区脱纵横。看名王宵猎,骑火一川明,笳鼓悲鸣,遣人惊。念腰间箭,匣中剑,空埃蠹,竟何成!时易失,心徒壮,岁将零。渺神京。干羽方怀远,静烽燧,且休兵。冠盖使,纷驰骛,若为情!闻道中原遗老,常南望,翠葆霓旌。使行人到此,忠愤气填膺,有泪如倾。'歌罢,魏公流涕而起,掩袂而入。"毛晋《于湖词跋》说:"于湖《歌头》诸曲骏发踔厉,寓以诗人句法者也。"陈廷焯《白雨斋词话》说:"淋漓痛快,笔饱墨酣,读之令人起舞。"刘熙载《艺概》说:"张孝祥安国于建康留守席上赋《六州歌头》,致感重臣罢席。然则词之兴观群怨,岂下于诗哉!"请说说此词为什么被称为"寓以诗人句法""兴观群怨岂下于诗"?

(3)辛词长于用典。分析在《永遇乐·京口北固亭怀古》《水龙吟·登建康赏心亭》这两首词中,作者各用了哪些典故?他借助这些历史故事和历史人物分别表达了什么情思?

(4)南宋词坛婉约一派,以姜夔、史达祖、吴文英、张炎影响最大,请查阅资料,说说这几家对词坛的影响。

(5)朗读并背诵《声声慢》《念奴娇·过洞庭》《永遇乐·京口北固亭怀古》《菩萨蛮·书江西造口壁》《青玉案·元夕》《扬州慢》《贺新郎·实之三和有忧边之语,走笔答之》。

**推荐书目**

1. 清上彊村民(朱孝臧)选编《宋词三百首》
2. 王国维《人间词话》
3. 《词话丛编》
4. 《唐宋词鉴赏辞典》

**特别推荐**:岳飞、李清照、张孝祥、辛弃疾、陈亮、刘过、刘辰翁、姜夔、史达祖、刘克庄、吴文英、蒋捷、周密、张炎、陆游、王沂孙、文天祥、汪元量。

# 第八课

## 现代诗歌选读

### 沁园春·长沙[1]

毛泽东

独立寒秋[2]，湘江北去[3]，橘子洲头[4]。看万山红遍，层林尽染[5]；漫江碧透，百舸争流[6]。鹰击长空，鱼翔浅底，万类霜天竞自由[7]。怅寥廓[8]，问苍茫大地[9]，谁主沉浮[10]？

携来百侣曾游[11]，忆往昔峥嵘岁月稠[12]。恰同学少年[13]，风华正茂[14]，书生意气[15]，挥斥方遒[16]。指点江山，激扬文字[17]，粪土当年万户侯[18]。曾记否，到中流击水[19]，浪遏飞舟[20]。

### 注释

[1]〔沁园春〕词牌名。本诗选自《毛泽东诗词集》（中央文献出版社1996年版）。
[2]〔寒秋〕深秋、晚秋。秋深已有寒意，所以说是寒秋。
[3]〔湘江北去〕一名湘水，湖南省最大的河流，向东北流贯湖南省东部，经过长沙，北入洞庭湖。所以说是湘江北去。
[4]〔橘子洲〕地名，又名水陆洲，是长沙城西湘江中一个狭长小岛，西面靠近岳麓山。自唐代以来，就是游览胜地。
[5]〔层林尽染〕山上一层层的树林经霜打变红，像染过一样。
[6]〔漫江碧透，百舸(gě)争流〕漫江，满江。舸，大船，这里泛指船只。争流，争着行驶。
[7]〔万类霜天竞自由〕万物都在秋光中竞相自由地生活。万类，指一切生物。霜天，指秋天，即上文"寒秋"。
[8]〔怅寥廓〕面对广阔的宇宙惆怅感慨。寥廓，广远空阔，这里用来描写宇宙之大。
[9]〔苍茫〕旷远迷茫。
[10]〔谁主沉浮〕究竟是谁主宰着世间万物的升沉起伏。主，主宰。沉浮，比喻事物盛衰、消长，这里指兴衰。
[11]〔携来百侣曾游〕携来，挽、牵。来，语气词，无实义。百侣，很多的伴侣。侣，这里指同学（也指战友）。

[12][峥嵘岁月稠]不平常的日子是很多的。峥嵘,本指山的高峻,此处意谓不平凡、不寻常。稠,多。

[13][恰同学少年]恰,适逢、正赶上。同学少年,毛泽东于1913年至1918年就读于湖南第一师范学校。1918年毛泽东和蔡和森等组织新民学会,开始了他早期的政治活动。

[14][风华正茂]风采才华正盛。风华,风采、才华。茂,丰满茂盛。

[15][书生意气]书生,读书人,这里指青年学生。意气,意志和气概。

[16][挥斥方遒(qiú)]热情奔放,劲头正足。挥斥,奔放。《庄子·田子方》:"挥斥八极。"郭象注:"挥斥,犹纵放也。"遒,强劲有力。方,正。

[17][指点江山,激扬文字]评论国家大事,用文字来抨击丑恶的现象,赞扬美好的事物。写出激浊扬清的文章。指点,评论。激扬,激浊扬清。

[18][粪土当年万户侯]意思是把当时的军阀官僚看得同粪土一样。粪土,作动词用,视……如粪土。万户侯,汉代设置的最高一级侯爵,享有万户农民的赋税。此处借指大军阀、大官僚。

[19][中流击水]中流,江心水深流急的地方。击水,这里指游泳。这里引用祖逖"中流击楫"的典故。

[20][浪遏(è)飞舟]遏,阻止。飞舟,如飞之舟,言其迅速。

## 立在地球边上放号[1]

### 郭沫若

无数的白云正在空中怒涌,
啊啊!好幅壮丽的北冰洋的情景哟!
无限的太平洋提起他全身的力量来要把地球推倒。
啊啊!我眼前来了的滚滚的洪涛哟!
啊啊!不断的毁坏,不断的创造,不断的努力哟!
啊啊!力哟!力哟!
力的绘画,力的舞蹈,力的音乐,力的诗歌,力的律吕[2]哟!

**注释**

[1]选自《郭沫若全集·文学编》第一卷。

[2][律吕]古代校正乐律的器具,用竹管或金属管制成,共十二管,管径相等,以管的长短来确定音的不同高度。从低音管算起,成奇数的六个管叫作"律",成偶数的六个管叫作"吕",合称"律吕",后亦指乐律或音律,比喻准则、标准。

## 再别康桥[1]

徐志摩

轻轻的我走了，
正如我轻轻的来；
我轻轻的招手，
作别西天的云彩。

那河畔的金柳，
是夕阳中的新娘；
波光里的艳影，
在我的心头荡漾。

软泥上的青荇[2]，
油油的在水底招摇；
在康河的柔波里，
我甘心做一条水草！

那榆阴下的一潭，
不是清泉，
是天上虹；
揉碎在浮藻间，
沉淀着彩虹似的梦。

寻梦？撑一支长篙，
向青草更青处漫溯[3]；
满载一船星辉，
在星辉斑斓里放歌。

但我不能放歌，
悄悄是别离的笙箫；
夏虫也为我沉默，
沉默是今晚的康桥！

悄悄的我走了，
正如我悄悄的来；

我挥一挥衣袖，
不带走一片云彩。

---

### 注释

[1]选自《徐志摩诗全集》。
[2][青荇(xìng)]多年生草本植物，叶子略呈圆形，浮在水面，根生在水底，花黄色。
[3][溯(sù)]逆着水流的方向走。

# 红烛[1]

## 闻一多

"蜡炬成灰泪始干"[2]
——李商隐

红烛啊！
这样红的烛！
诗人啊！
吐出你的心来比比，
可是一般颜色？

红烛啊！
是谁制的蜡——给你躯体？
是谁点的火——点着灵魂？
为何更须烧蜡成灰，
然后才放光出？
一误再误；
矛盾！冲突！

红烛啊！
不误，不误！
原是要"烧"出你的光来——
这正是自然的方法。

红烛啊！
既制了，便烧着！
烧罢！烧罢！

烧破世人的梦，
烧沸世人的血——
也救出他们的灵魂，
也捣破他们的监狱！

红烛啊！
你心火发光之期，
正是泪流开始之日。

红烛啊！
匠人造了你，
原是为烧的。
既已烧着，
又何苦伤心流泪？
哦！我知道了！
是残风来侵你的光芒，
你烧得不稳时，
才着急得流泪！

红烛啊！
流吧！你怎能不流呢？
请将你的脂膏，
不息地流向人间，
培出慰藉的花儿，
结成快乐的果子！

红烛啊！
你流一滴泪，灰一分心。
灰心流泪你的果，
创造光明你的因。

红烛啊！
"莫问收获，但问耕耘。"[3]

## 注释

[1]选自闻一多诗集《红烛》。
[2]语出李商隐《无题》(相见时难别亦难)。
[3]易宗夔《新世说》："曾涤生(曾国藩)尝谓：'不为圣贤，便为禽兽。莫问收获，但问耕耘。'"

## 大堰河——我的保姆[1]

### 艾青

大堰河,是我的保姆。
她的名字就是生她的村庄的名字,
她是童养媳,
大堰河,是我的保姆。

我是地主的儿子;
也是吃了大堰河的奶而长大了的
大堰河的儿子。
大堰河以养育我而养育她的家,
而我,是吃了你的奶而被养育了的,
大堰河啊,我的保姆。

大堰河,今天我看到雪使我想起了你:
你的被雪压着的草盖的坟墓,
你的关闭了的故居檐头的枯死的瓦菲[2],
你的被典押了的一丈平方的园地,
你的门前的长了青苔的石椅,
大堰河,今天我看到雪使我想起了你。

你用你厚大的手掌把我抱在怀里,抚摸我;
在你搭好了灶火之后,
在你拍去了围裙上的炭灰之后,
在你尝到饭已煮熟了之后,
在你把乌黑的酱碗放到乌黑的桌子上之后,
在你补好了儿子们的为山腰的荆棘扯破的衣服之后,
在你把小儿被柴刀砍伤了的手包好之后,
在你把夫儿们的衬衣上的虱子一颗颗地掐死之后,
在你拿起了今天的第一颗鸡蛋之后,
你用你厚大的手掌把我抱在怀里,抚摸我。

我是地主的儿子,
在我吃光了你大堰河的奶之后,
我被生我的父母领回到自己的家里。

啊,大堰河,你为什么要哭?

我做了生我的父母家里的新客了!
我摸着红漆雕花的家具,
我摸着父母的睡床上金色的花纹,
我呆呆地看着檐头的我不认得的"天伦叙乐"的匾,
我摸着新换上的衣服的丝的和贝壳的纽扣,
我看着母亲怀里的不熟识的妹妹,
我坐着油漆过的安了火钵[3]的炕凳,
我吃着碾了三番的白米的饭,
但,我是这般忸怩不安!因为我
我做了生我的父母家里的新客了。

大堰河,为了生活,
在她流尽了她的乳汁之后,
她就开始用抱过我的两臂劳动了;
她含着笑,洗着我们的衣服,
她含着笑,提着菜篮到村边的结冰的池塘去,
她含着笑,切着冰屑悉索的萝卜,
她含着笑,用手掏着猪吃的麦糟,
她含着笑,扇着炖肉的炉子的火,
她含着笑,背了团箕[4]到广场上去,
晒好那些大豆和小麦,
大堰河,为了生活,
在她流尽了她的乳液之后,
她就用抱过我的两臂,劳动了。

大堰河,深爱着她的乳儿;
在年节里,为了他,忙着切那冬米[5]的糖,
为了他,常悄悄地走到村边的她的家里去,
为了他,走到她的身边叫一声"妈",
大堰河,把他画的大红大绿的关云长
贴在灶边的墙上,
大堰河,会对她的邻居夸口赞美她的乳儿;
大堰河曾做了一个不能对人说的梦:
在梦里,她吃着她的乳儿的婚酒,
坐在辉煌的结彩的堂上,
而她的娇美的媳妇亲切的叫她"婆婆"

大堰河,深爱着她的乳儿!
大堰河,在她的梦没有做醒的时候已死了。
她死时,乳儿不在她的旁侧,
她死时,平时打骂她的丈夫也为她流泪,
五个儿子,个个哭得很悲,
她死时,轻轻地呼着她的乳儿的名字,
大堰河,已死了,
她死时,乳儿不在她的旁侧。

大堰河,含泪的去了!
同着四十几年的人世生活的凌侮,
同着数不尽的奴隶的凄苦,
同着四块钱的棺材和几束稻草,
同着几尺长方的埋棺材的土地,
同着一手把的纸钱的灰,
大堰河,她含泪的去了。

这是大堰河所不知道的:
她的醉酒的丈夫已死去,
大儿做了土匪,
第二个死在炮火的烟里,
第三,第四,第五
在师傅和地主的叱骂声里过着日子。
而我,我是在写着给予这不公道的世界的咒语。
当我经了长长的漂泊回到故土时,
在山腰里,田野上,
兄弟们碰见时,是比六七年前更要亲密!
这,这是为你,静静地睡着的大堰河
所不知道的啊!

大堰河,今天,你的乳儿是在狱里,
写着一首呈给你的赞美诗,
呈给你黄土下紫色的灵魂,
呈给你拥抱过我的直伸着的手,
呈给你吻过我的唇,
呈给你泥黑的温柔的脸颜,
呈给你养育了我的乳房,
呈给你的儿子们,我的兄弟们,
呈给大地上一切的,

我的大堰河般的保姆和她们的儿子，
呈给爱我如爱她自己的儿子般的大堰河。

大堰河，
我是吃了你的奶而长大了的
你的儿子，
我敬你
爱你！

## 注释

[1]【大堰河】浙江金华方音"大叶荷"的谐音。艾青的奶妈是大叶荷村人，是个童养媳，没有自己的名字，当地人就叫她"大叶荷"。

[2]【瓦菲】生长在瓦缝里的野草。

[3]【火钵】用来盛火取暖的瓦盆。

[4]【团箕】用竹篾、柳条或铁皮等制成的扬去糠麸或清除垃圾的器具（通常称"簸箕"）。

[5]【冬米】糯米，也叫江米。

## 作家作品

毛泽东（1893—1976年），字润之，湖南湘潭人，伟大的马克思主义者，伟大的无产阶级革命家、政治家、军事家、战略家和理论家，中国共产党、中国人民解放军和中华人民共和国的主要缔造者。

郭沫若（1892—1978年），本名郭开贞，字鼎堂，号尚武，乳名文豹，笔名除郭沫若外，还有麦克昂、郭鼎堂、石沱、高汝鸿、羊易之等，中国现代作家、历史学家、考古学家。"郭沫若以一个诗人的风姿汲取着西方自古典人道主义至柏格森、弗洛伊德等现代生命哲学的影响，以律合自然界奔腾不息的生命流动的进取之道，从涵养一个圆满的自我人格开始，热切地呼唤着一个尽善尽美的社会秩序的到来。"（2007年《郭沫若学刊》第3期，张斌《郭沫若的生命意识与中外文化》）同时他也受斯宾诺莎"泛神论"思想的影响，他从肯定神出发，认为神即自然，最终以否定神为旨归。他宣称"泛神便是无神""我即是神，一切自然都是自我的表现"。郭沫若的诗歌具有直白地、热烈地把自由奔放的感情不加修饰和约束地表达出来的特点。

徐志摩（1897—1931年），笔名有南湖、海谷等，浙江海宁人，中国新月派代表诗人、散文家。徐志摩1921年赴英国留学，入剑桥大学当特别生，研究政治经济学。他在剑桥的两年深受西方教育及欧美浪漫主义和唯美派诗人的影响，奠定其浪漫主义诗风。

闻一多（1899—1946年），本名闻家骅，字友三，生于湖北浠水县巴河镇，中国现代诗人、学者、民主战士。1932年8月任清华大学国文系教授。1946年7月15日遭国民党特务暗杀。1928年，闻一多出版诗集《死水》。他重视诗歌视觉上的整齐，在整饬中又有变化，形成一种章节对应、回环摇曳的对称型均齐的"建筑美"。同时他又强调诗歌色彩的生动、丰富。其抒情则是将感情以知性的力量隐藏在诗句中。闻一多是新诗流派新月派的代表人物之一。

艾青(1910—1996年),生于浙江金华,现代文学家、诗人。1932年加入中国左翼美术家联盟,从事革命文艺活动,不久被捕,在狱中写了不少诗,包括《大堰河——我的保姆》。1933年第一次用艾青的笔名发表该诗,感情诚挚,诗风清新,轰动诗坛。艾青的诗歌继承了"五四"新文学的优良传统,又以精美创新的艺术风格成为新诗发展的重要收获。艾青常描写太阳、火把、黎明等有象征性的事物,表现出他对旧社会的黑暗和恐怖的痛恨,以及对黎明、光明、希望的向往与追求。艾青的诗在形式上不拘泥于外形的束缚,很少注意诗句的韵脚和字数、行数的划一,但是又运用有规律的排比、复沓,造成一种变化中的统一。

### 研讨与练习

(1)朗读并背诵《沁园春·长沙》。

(2)如何解读《再别康桥》中"但我不能放歌,悄悄是别离的笙箫;夏虫也为我沉默,沉默是今晚的康桥"这几行诗?

(3)新月派是中国现代新诗史上一个重要的诗歌流派,受泰戈尔《新月集》影响,故名"新月派"。闻一多在《诗的格律》中提出了著名的"音乐美(音节)、绘画美(辞藻)、建筑美(节的匀称和句的均齐)"的"三美"主张。徐志摩与闻一多均为新月派代表人物,请结合他们的作品,说说他们分别是怎么构建自己诗歌的"三美"的。

### 推荐书目

1.《毛泽东诗词选》
2.郭沫若《女神》
3.徐志摩《志摩的诗》《翡冷翠的一夜》《猛虎集》《云游》
4.闻一多《死水》
5.艾青《诗论》《艾青谈诗》

# 写作与独抒性灵

## 本色与文采——相聚是缘

### 话题导引

#### 一、写出自己的个性

大千世界,无奇不有。芸芸众生,个性不同。日常生活,千变万化。纵使平淡无奇的人物事件,也会因为作者的个性、视角、情绪、立场的不同,而呈现斑斓多姿的形态,正所谓"横看成岭侧成峰,远近高低各不同"。

"个性"最早是一个心理学名词,指的是"在先天素质基础上,受社会生活条件制约而形成的独特而稳定的具有一定倾向性的动力性的各种心理品质的总和"。从教育角度讲,个性是指一个人先天遗传和后天在一定环境和教育影响下所形成的个体综合特征,是一个人区别于他人的独特之处。个性是为我所有的,每个人都是与众不同的"这一个",但又都具有大家共有的"那一些"。在保持"那一些"的同时,完善"这一个",就是个性展示的基础。

个性本是一种客观存在,是一个人内在的、不同于他人的气质。冷峻深刻者如鲁迅,热情浪漫者如郭沫若,沉静优雅者如沈从文,泼辣调侃者如王朔,伤感多情者如叶赛宁,甚至颓废悲观者如波德莱尔。作文是生活的反映,文章是人格的外化,"写出自己的个性"其实也就是写出"真我的风采""写出真实的感受""写出真实的生活",其实就是按生活的自然真实来写,按自己内心的本来面目来写。

然而,由于我国具有重共性的传统文化,加之因循守旧、盲从顺随、中庸调和等心理因素的影响,导致了"假话、空话、套话"的不良文风时有出现,内容空洞、形式僵化、重视技巧的模式文亦不在少数,具体表现为不敢讲真话,不敢诉真情,不敢思考,不敢怀疑,不敢我手写我口,不敢书写自己的性灵,没有表现自我个性的自由空间。这样的写作,迷失了自我,丧失了个性,根本没有创造的乐趣。

"写出自己的个性"的基本内涵就是"自主""真实""创新"。所谓自主,就是以强烈的"自我意识",表现自己与众不同的"个性",写"我"的观察、"我"的发现、"我"的感受、"我"的思想、

"我"的情感等。所谓真实,就是指来自生活的本真的感情最容易打动人。真实出自真人,求真既是作文的准则,也是做人的原则,作文和做人,在求真这一点上是一致的。所谓创新,就是要重视独立思考,敢于打破条条框框,善于采用新的表现方法,进行创意的表达。

从操作方法层面怎样写出有自己的个性的文章呢？有两个小建议：首先,要有个性化的思维、拟题、主题、选材、构思；其次,要有个性化的文体、开头、结尾、语言、表现手法。它们的关系是互相制约的,作文有无个性归根到底取决于思想有无个性。

## 二、本色与文采

所谓本色,就是写自己所看见的,写自己所知道的,写自己的思想和感受,总之,写成的文章里处处都有"自我"存在。这虽是就文章的思想内容而言,却跟下笔行文的关系极为密切。

少年班同学们由于好文章读得多些,对社会、人生的认识也有所加深,又有了一些写作经验,文章中原有的稚气渐渐消除,内容也渐渐充实起来——这自然是可喜的进步。但与此同时,在部分同学的习作里也滋生出"矫情为文"的现象,一到下笔就想：我"应当"看见什么呀,我"应当"知道什么呀,我"应当"有怎样的思想感情呀。这么一来,就难免要套用别人的文章里某些"漂亮"的话。这用心大概是好的,但由于未经自己彻底消化,一套用就走了样,所以,在借鉴他人的文章时,要仔细探究作者遣词造句的用心,而不要简单地照搬。

文采,又叫辞采。文采主要是就文章的形式而言,具体地说,大致包括以下几个方面：一是辞藻美,即对词语所表示的颜色、声音、形状、情态等十分讲究,使读者感到异彩纷呈,美不胜收；二是音调美,即行文讲究抑扬顿挫,读起来要上口入耳,使人听起来如闻美妙的音乐；三是结构美,或称建筑美,即讲究层与层之间的长短有度,开合有方。

首先,有文采的文章,作者不是简单直接地表达自己的思想,而是用比喻、夸张、拟人等手法间接委婉地表达出来。

其次,恰当引用名言,可起到画龙点睛的作用。

再次,语言要自然流畅,幽默而含蓄,句式要富于变换。

最后,适当使用具有生活气息和反映时代特征的词语。

毫无疑问,形式美可以给我们带来某些美感或快感,认识并掌握它很必要,但文采真正的魅力不在这上面,而在它所包含的思想感情上。人们常说,写文章要力求文质兼美、情动于中而形于言。思想感情之美,才是文采的根源。感情是根,文辞是叶,根深才能叶茂。同时,在构思过程中要善于提炼、升华自己的感情与认识,不要为了文采而胡乱堆砌美丽的辞藻,繁彩情寡切不可取。

要独辟蹊径,凸现个性。同样一个话题,要避开一般的构思和立意方式,巧妙地从另一个角度去立意,争取写出与众不同的意味。

当然"有个性特征"还表现在文章的构思和表达上,但最主要的是要"独具慧眼",在观察、认识事物的角度上做到"独辟蹊径",表现出文章的新颖性和作者的创造性。

**写作实践**

(1)相聚是缘,相识是分。茫茫人海里,大家在少年班相聚,是多么奇妙的缘分啊!请以"我"为话题,写一份图文并茂的文案介绍自己。

(2)阅读下面的文字,根据要求作文。

春桃娇艳,夏荷清丽,秋菊高洁,冬梅傲雪。它们在不同的季节里绽放着自己的精彩。物如此,人亦然。

请以"各有各的精彩"为标题写一篇文章。自选文体,不少于800字。

# 第二课

## 选材与立意——月是故乡明

**话题导引**

## 一、千古文章意为高

宋徽宗主持画院考试,曾以"踏花归去马蹄香"为题命考生作画。获头彩的作品恰恰是一朵花都没有的,画上只有一匹飘逸而来的骏马,其高扬的右蹄旁有几只追逐的蝴蝶。正是这无花之中尽得花之神韵,因为蝴蝶宁死也不愿离去,可见马蹄上有多么诱人的花香,可想马踏了多少花才有蹄上浓郁的花香。

因为"无",才有了无数存在于想象之中的精美绝伦的"有"。

什么叫"立意"呢?"立"就是确立;"意"则指文章的立题(也叫中心思想);"立意",就是提炼和确立文章的立题。"文章以意为主","意犹帅也"。这就是说,主题是文章的统帅、灵魂,它是决定一篇文章质量高低、价值大小的重要依据。同时,文章的选材组材、谋篇布局,以及表现手法、语言运用等,也必须根据主题的需要来确定。可见,立意确实重要,没有立意,其思想、材料便成了"无帅之兵""乌合之众",构思活动便无法进行。

那么,如何立好意呢?我们可从以下几点来判断:准确、深刻、新颖、简约、有时代感、格调高。

1. 准确

准确是立意之本。准确是指文章的立题能够切合话题,或是与话题有一定的关联性。切题才是准确,否则,主题再好,也是枉然。此外,还要注意立意要有针对性。选取人们最感兴趣的、最能反映人们思想感情的作为主题,文章才能最大限度地引发反响。当然也有"技术"问题,审题时要认真分析题目,要抓住题眼写文章。

2. 深刻

深刻是指文章有思想深度,要选择自己最有体会的人生感悟,挖掘生活的底蕴。初中生写作,在立意上难以深入,原因往往在于浅尝辄止,没有深入开掘。所谓开掘,就是深入思索,挖出事物最本质的东西。

3. 新颖

新颖是指文章要有新鲜感,没有空话、套话,没有陈词滥调,有的是自己独特的感受和见解。如果思想僵化,人云亦云,所写文章必是千人一面。要立意新颖,反映时代新观念,奏响时代最强音;可以反思旧说俗见,或摒弃,或吸收,或改造,推陈出新;可以从毫无价值的立意中另辟蹊径,发现并凸现其闪光点,展现新意;可以多方面地调动其灵感思维,开阔思路,由此及彼,找到有理想、有新意的立题。

4. 简约

简而明才称得上"约"。就立意而言,简明、集中是对主题的要求,相反,主题分散,想面面俱到却面面不到,是立意之大忌,切不可因多意而乱文。要做到"简约",就需要有高度的概括力。思维不进行概括,表象就无法升华为本质,认识就无法实现理性的飞跃,思想就不可能达到简明、集中。只有思想内容单一集中,才有可能写得深刻。一定不能有两个以上的主题,主题不可过大,否则不易驾驭,不易写得深入、透彻。

5. 有时代感

有时代感是指文章最好能紧扣时代脉搏。有现实感,反映时代精神,这样我们写文章才会常写常新。今天,我们的作文立意,应当反映党的方针政策、改革开放的伟大成就、当前的美好生活,另外,一些热点的社会问题、社会现象亦应当有所反映。文章必须反映时代精神,主题才能新颖、深刻,正所谓"文章合为时而著,歌诗合为事而作"。顺应时势的文章,才有时代感和针对性。

6. 格调高

格调高是指文章的立题要健康向上,体现出当代学生昂扬向上的精神风貌。社会生活中有阴暗、消极的一面。考生也并不是不能写揭露社会阴暗、消极一面的文章。关键在于学生知识面窄、人生阅历浅、辨别是非能力较差,分析问题时往往缺少理性,容易片面化。揭露社会中阴暗、消极的一面,一定要把握好尺度,看问题不能片面化、绝对化,切莫只顾宣泄自己的情感。文章要避免流露消极颓废的人生态度。应尽量多一些赞美,少一份揭露;多一些讴歌,少一份牢骚;多一份理解,少一份宣泄。生活本来很美好,我们何必非要给自己的生命涂上一层单调的灰色呢?

## 二、精选好材料

1. 第一招:从自己熟悉的生活下手

把熟知的材料选出来。回避陌生、首选熟悉,对于大多数同学来说,这应该是选材的一个原则。自己亲眼所见的、亲身经历的、亲耳所闻的、深切感悟的,才是了然于心的,才是真实动人的。只有先感动自己,才有可能感动别人。对于自己不熟悉或不大熟悉的材料,选用时很容易出现漏洞,因此,一定要慎重选材。

2. 第二招:从与众不同的视角下手

把独特的材料筛出来。我们的生活看似相似,但是,个人有着不同的家庭背景、兴趣爱好、成长历程、生活圈子,所以,个人都拥有独特的材料。

当你拿起笔构思时,不假思索就想到的内容,千万不能写!因为别人也可能一下子就想到了。稍加思索便能想到的内容,最好也不要写!定下心来,自我掂量、估测一下,自己要写的题材别人熟悉不熟悉,有多少是属于自己的,一定要突出自己的体验、自己的发现、自己的发明。

要保证选材的独特性,有一个很简单的操作方法,那就是将你看到题目后最先想到的两个材料抛弃不用(因为这些材料也会是别人容易想到的),启用第三次想到的材料。

3. 第三招:从小巧的切入点下手

切入点越小越好,由此可小中见大,深处开掘。例如,题目是"走近＿＿＿＿＿＿＿",走近科学、走近自然、走近名著等,就很容易写得空泛、笼统,不能写出真情实感。一定要把走近的内容写得具体,如"走近冬奥会"才能生动地表现自己的体验与感悟。

4. 第四招:从众人关注的热点下手

把时代的影子照下来。社会在发展,生活在改变,新事物、新话题层出不穷,选材应当与时俱进,作文才会具有时代感。平时要关注社会热点,关心时事新闻,这样就能为文章引入具有时代特征的新材料、新景象、新理念。作为学生,我们不大可能从宏观上去表现这个时代,但是,我们完全可以通过日常生活中的事情折射时代的变迁。

所以,同学们平时要关注时事,观看《焦点访谈》《东方时空》《今日说法》《新闻调查》等电视节目,如果把这些节目的热点引入自己的作文,文章就能够出彩。

总之,创新是作文的生命。材料不新鲜、不富于个性化特征,是不能创意出新的。因而作文的选材要着眼当代,紧贴现实,坚持以下原则:只选新的,不选旧的;只选亲身经历的,不选道听途说的;只选小材料,不选大材料;只选深刻的,不选肤浅的;只选具体的,不选空泛的;只选有趣的,不选平淡的;只选罕见的,不选常见的。总之,要尽量避开常人之所选,慧眼独运,以新制胜。

## 写作实践

(1)每个人都有故乡,人人的故乡都有月亮。人人都爱自己故乡的月亮。当一个梦唤醒了另一个梦,当一幅风景幻化成另一幅风景,故乡的月光之夜便清晰地呈现在眼前。少年班的许多同学绝大多数是第一次远离家乡,第一次独自打理自己的生活,当第一次在他乡过中秋节,抬头望月了吗?但是,如果只有孤零零一个月亮,未免显得有点孤单。请以"月是故乡明"为题,把此刻的思乡之情尽情流淌在笔端。

(2)阅读下面的文字,根据要求作文。

在电视剧《老大的幸福》中:小五渴望富贵而富贵难求,老四渴望别墅而沦为别墅奴隶,老三为了升官而差点惹官司上身,老二的巨额财富则在一瞬间蒸发得无影无踪,只有老大,无论身在何处,无论境遇顺逆,幸福,如他所说,有生以来从未离开过他。老大的幸福观引起了人们的热议,有人说,老大的幸福其实就是随遇而安,麻木消极,不思进取;有人说,老大的幸福才是真正的幸福,他质朴踏实,知足常乐,不为物欲所惑,追求精神的充盈。

到底怎样才是真正的幸福呢?你又是如何看待幸福呢?请根据你的联想或感悟写一篇文章,不少于800字。

## 第三课

### 素材与思路
—— 西安印象 苏州印象 天津印象 杭州印象

**话题导引**

## 一、从素材到写作思路

罗中立的油画《我的父亲》是如何由原始素材转换成作品的？这对我们的写作素材转换有什么样的启示？

先探究第一个问题，《我的父亲》是怎样产生的。

根据作者自己的介绍，这一素材是作者从"一位守粪的农民"身上发现的，也就是在生活中直接发现的。表面看来，这带有很大的偶然性，即偶然发现，受到触动，迸发灵感，创作出杰作。但仔细分析一下，我们就会发现问题并不如此简单。"除了我平常对农民的了解、接触之外"，这话虽然好像不经意地在文章的开头一笔带过，但我们却不能轻易放过，因为这里很清楚地说出了作者之所以能发现并转换素材的主观原因。试想，一个与农民从不接触，对农民一点也不了解的人，能对农民有深厚的感情并关注农民的兴趣吗？这样的人即使遇到了相同的农民人物素材，也不太可能由此开始继续观察并在观察中不断调整视角，不断发现"意义"，不断使自己的感性认识向理性认识提升。倘若如此，这幅画就没有产生的可能了。所以，这表面的偶然中蕴藏着深层的必然。

这一点是作者能够敏感地发现素材的至关重要的主观因素，也可以说是作者发现素材必备的心理基础。

具备了这样的心理基础，作者就会带着极大的关爱之心去接触素材，去发掘素材，去发现素材的种种细微之处："他在雪水中僵硬的动态"，"他呆滞、麻木的神态"，"一双牛羊般的眼睛"，这些就构成了作者对原始素材的"中心印象"；作者"心里一阵猛烈的震动，同情、怜悯、感慨……一起狂乱地向我袭来，杨白劳、祥林嫂、闰土、阿Q……生活中的、作品中的人物都乱糟糟地挤到了眼前"，这说明作者已经受到了深深的触动，感情的波澜涌动起来。于是，作者迸发出了"要为他们呐喊"的创作冲动。至此，一部画作即将产生的情感心理基础已经具备了。

但是，"画了守粪农民，以后又画了一个曾作为巴山老赤卫队队员的农民，最后才画了《我的父亲》"，发现最初素材并受到触动之后，紧接着还需要让自己的原始"触动"不断发酵、蒸馏、过滤，需要理性认识的不断调整变化，需要"立意"的不断升华，最后才能创作出理想的作品，达到素材转换的完美境界。

正是因为经过了上面所说的这样一种曲折复杂的过程，油画《我的父亲》才如此真切地画出了中国农民"牛羊般的慈善目光"，"皮肤的抖动"，"特有的烟叶味和汗腥味"，"沉重的喘息和暴跳青筋下血液的奔流"，"细小的毛孔里渗出的汗珠"，"干裂焦灼的嘴唇"，"仅剩下的一颗牙齿"等外在形象，才如此深沉地表现出中国农民父亲"淳厚、善良、辛苦"的内在神韵，才具有如此摄人魂魄的艺术震撼力！

这一典型事例对我们进行写作素材的转换有什么启示？其一，作者在受到素材"触动"的基础上，产生强烈的创作冲动。其二，作者要善于通过"中心印象"去发现并挖掘素材的内在"意义"。其三，作者心中的"立意"要在不断调整中，使素材得到不断深化，让素材表现的"意义"不断升华，最终表现出深刻的文章旨意。

绘画如此，写文章也是如此。

原始素材经由作者的"意义发现"与创造性转换而成为不朽的文章"题材"，进而创造出不朽名作这样的事例，在古今中外文学史上不胜枚举。一个原本微不足道的人物，一旦被艺术家塑造成为典型的艺术形象，一件原本寻常的小事，一旦被艺术家纳入他的艺术作品中，常常会产生化腐朽为神奇、变短暂为永恒的艺术魅力。据周作人的《鲁迅小说里的人物》（人民文学出版社，1957年版）介绍，鲁迅先生小说中的人物大都有生活原型，如"孔乙己"的原型是孟夫子。此人当年常去鲁迅先生绍兴故宅对面新台门所在的东昌坊口的小酒店里喝酒。他曾经偷过书，并说过我们耳熟能详的"理论"：偷书不算偷，叫窃。不过被打断腿的不是他，而是孟夫子的族伯，绰号叫"跛鼓"的。鲁迅先生是以孟夫子做主要的原型，集中了几个人的特点，塑造了"孔乙己"这一可笑可怜可叹的人物。

当然，"杂取种种，合成一个"，在将原型人物转换为艺术形象的过程中，也倾注了鲁迅先生高超的艺术匠心。鲁迅先生在《我怎么做起小说来》一文中就很具体地道出了其中过程："人物的模特儿也一样，没有用过一个人，往往嘴在浙江，脸在北京，衣服在山西，是一个拼凑起来的角色。"一个个普普通通的原生态的小人物，经过鲁迅先生生花的妙笔，便转换成为中国文学人物画廊里不朽的艺术典型，具有了永恒的艺术魅力。这也为我们在如何转换、使用素材的写作教学中提供了经典范本。

以下是原始素材转换的两种基本途径。

（1）追思回忆，缘情联想后提炼和强化原型。当你回忆了若干材料后，在形象思维基础上再审视命题，则不仅仅是加深对命题的理解，而是对主题的认识有了一个质的飞跃。经这一反复，你理解记忆材料的水平必然提高，会集中考虑最能表现主题的材料，而使其他材料"淡化"。

（2）思路从材料束缚中跳出来，杀"回马枪"，将文学意义典型化。罗中立的油画《我的父亲》能如此典型、夸张地表现出人物精神世界，必定是撷取了生活中大量的素材，然后经过作者的集中、加工、提炼，才能塑造出来的。

## 二、小议"印象"

印象,指接触过的客观事物在人的头脑里留下的迹象。

对西安、苏州、天津和杭州的介绍很多,简介如下,希望抛砖引玉。

### 1. 西安印象

西安古称长安,位于中国内陆腹地黄河流域中部关中盆地,是中华民族和东方文明的发源地之一。早在 100 万年前,蓝田古人类就在这里建造了聚落;7000 年前的仰韶文化时期,这里已经出现了城垣雏形。西安有 3100 多年的建城史和 1100 多年的国都史,先后有西周、秦、西汉、东汉、新、西晋(愍帝)、前赵、前秦、后秦、西魏、北周、隋、唐 13 个王朝在此建都,又为赤眉、绿林、大齐(黄巢)、大顺(李自成)等农民起义政权都城。自西汉起,西安就成为中国与世界各国进行经济、文化交流和友好往来的重要城市。"丝绸之路"就是以长安为起点,西至古罗马。西安是闻名世界的历史名城,与罗马、雅典、开罗齐名,也是中国六大古都中建都历史最长的一个,长安文化代表着中华文化的主干。"西安"之名称始于明代。元至元九年(1272 年),元世祖封三子忙哥剌为安西王,镇守这里,改京兆府为安西路。元皇庆元年(1312 年),改安西路为奉元路。明洪武二年(1369 年),改奉元路为西安府,府城简称西安,名称一直沿用至今。

西安标志性建筑有大雁塔、钟楼、明城墙、大明宫、大唐芙蓉园、小雁塔等。方言为汉藏语系汉语中原官话——陕西话。西安特色饮食有葫芦鸡、大红枣、牛羊肉泡馍、粉汤羊血、葫芦头泡馍、腊汁肉夹馍、面皮、米皮、石子馍等。

### 2. 苏州印象

苏州,古称"吴""吴都""吴中""东吴""吴门",又由于苏州城内河道纵横,又称为"水都""水城""水乡",13 世纪的《马可·波罗游记》将苏州赞誉为东方威尼斯。

苏州地处亚热带季风海洋性气候带,四季分明,气候温和,雨量充沛,土地肥沃,物产丰富,自然条件优越。主要种植水稻、油菜、林果等。低洼塘田较多,出产莲藕、茭白等水生作物。特产有白蒜、柑橘、枇杷、板栗、梅子、碧螺春茶等。长江刀鱼、阳澄湖大闸蟹和太湖白鱼、银鱼、白虾等为著名水产品。

苏州自有文字记载以来,已有 4000 多年历史。苏州城始建于公元前 514 年,距今已有 2500 多年历史,隋开皇九年(589 年)始称苏州。苏州目前仍坐落在春秋时代的位置上,基本保持着"水陆并行、河街相邻"的双棋盘格局,以"小桥流水、粉墙黛瓦、史迹名园"为独特风貌,是全国首批 24 个历史文化名城之一。全市现有文物保护单位 881 处,其中国家级 61 处、省级 128 处。

苏州是全国重点旅游城市。平江、山塘历史街区分别被评为中国历史文化名街和中国最受欢迎的旅游历史文化名街。苏州大市范围内现有 108 座园林列入苏州园林名录。拙政园、留园、网师园、环秀山庄、沧浪亭、狮子林、艺圃、耦园、退思园等 9 个古典园林被联合国列入《世界文化遗产名录》。虎丘、盘门、灵岩山、天平山、虞山等都是著名的风景名胜。太湖绝大部分景点、景区分布在苏州境内。

### 3. 天津印象

天津,简称"津",中国北方第二大城市、直辖市,具有中国唯一"双城双港"的城市形态。

"天津"一名由来众说纷纭,大致有屈原曾经写过"朝发轫于天津兮"这一昂扬诗句的诗词之说、来源于星官名"天津星"的星官之说、源自天津河的河名之说,其中流传最广、史料最充分、记载最清楚的说法是源于皇帝的赐名之说。

天津旅游资源丰富，如蓟北雄关、三盘暮雨、古刹晨钟、大沽口炮台、海河风景线、古文化街、双城醉月、水上公园、外环线等。天津的小吃与特产数目众多，尤其以狗不理包子、十八街麻花、耳朵眼炸糕为代表的"天津三绝"最为著名。天津的小宝栗子亦享誉海内外。

4. 杭州印象

杭州是华夏文明的发祥地、中国著名的古都之一，以"东南名郡"著称于世。跨湖桥遗址的发掘显示，早在8000多年前，就有人类在此繁衍生息。自秦时(公元前222年)设县治以来，已有2200多年历史。隋开皇九年(589年)废钱唐郡，置杭州，杭州之名首次在历史上出现。五代吴越国(907—978年)和南宋王朝(1127—1279年)两代建都杭州。杭州被13世纪意大利旅行家马可·波罗赞叹为"世界上最美丽华贵之天城"。

杭州是浙江省省会和经济、文化、科教中心，长江三角洲中心城市，重要的风景旅游城市，首批国家历史文化名城。杭州地处长江三角洲南翼、杭州湾西端，是"丝绸之路经济带"和"21世纪海上丝绸之路"的延伸交点。世界上最长的人工运河——京杭大运河和以大潮涌闻名的钱塘江穿城而过。

杭州文化内涵博大精深。几千年来，以西湖文化、运河文化、钱塘江文化为代表的杭州文化，在开放中融合，在创新中发展。西湖龙井茶、王星记扇子、张小泉剪刀、致中和五加皮、临安山核桃等丰富多彩的地方特产散发着浓郁的杭州风情。

## 写作实践

(1)古人云："以铜为镜，可以正衣冠；以古为镜，可以见兴替；以人为镜，可以明得失。""镜"是认识自我和世界的另一双眼睛。今天，更多种类的镜丰富了我们感知的层次和色彩：望远镜将我们的视线引向远方，显微镜揭开了微观世界的神秘面纱，反光镜让我们瞻前仍可顾后，哈哈镜变幻出多样的自己，三棱镜在我们面前架起一道美丽的彩虹，这些镜为我们打开了多维的空间，使我们的视野更加开阔，思维更加深邃，心灵更加明澈。

请从望远镜、显微镜、反光镜、哈哈镜、三棱镜中至少选择两种镜，结合自己的感悟，写一篇少于800字的文章。

(2)有道是"第一印象很重要"，来到西安交大附中、苏州中学、南开中学、杭州高级中学上预科一年级的少年班同学们，经过了这么一段时间的学习和生活，对西安、苏州、天津、杭州的印象如何？写来看看。

# 第四课

## 诗的情怀

### 话题导引

## 一、诗歌情怀

"诗者,志之所之也。在心为志,发言为诗。"(《诗经·大序》)古时"志"即"情感"。可见,我们的祖先认为,内心有所触动,通过语言表达情感,这就是诗。这也就是《诗经·大序》说的"情动于中而形于言"。孔子说过:"兴于诗,立于礼,成于乐。"(《论语·泰伯》)又说:"温柔敦厚,《诗》教也。"(《礼记·经解》)可见,我们的祖先认为,情感是生命的核心。没有情感的浸润,纯粹理性是冰冷的。一个人要以情感为出发点(兴于诗),以理性来立身处世(立于礼),才能最后达到情理合一的和谐状态(成于乐)。因此,诗歌一直是中华文化最核心的部分,是文化的根基,是教育的开端。这也就是为什么《诗经》一直被列在六经之首。

诗是纯粹的,是超功利的。任何以实用主义的眼光来看待诗歌,并问"诗有什么用"的人,都不懂得"无用之用"乃是诗歌最大的作用。诗是生命的需要,是一个有着真性情的人的精神基础。然而诗歌又不是与人世隔绝,诗的根基恰是扎在红尘之中的。王国维在《人间词话》中说:"诗人对宇宙人生,须入乎其内,又须出乎其外。入乎其内,故能写之。出乎其外,故能观之。入乎其内,故有生气。出乎其外,故有高致。"顾随在《驼庵诗话》也说道:"一切'世法'皆是'诗法','诗法'离开'世法'站不住。人在社会上要不踩泥、不吃苦、不流汗,不成。此种诗人,即使不讨厌,也是豆芽菜诗人。粪土中生长的才能开花结子,否则是空虚而已。在水里长出来的漂漂亮亮的豆芽菜,没前程。"叶嘉莹教授也说过:"古典诗词写的是古代诗人对其生活的经验和生命的反思,当我们的心灵通过诗词与古人交会,自己会有感动和兴发,从而可以感受到当下的存在。"叶先生教书六十余载,被问最多的问题是:"现在学古典诗词还有什么用处?"她往往回答是:"古典诗词让人心不死。"

中国是一个诗的国度。然而近数十年来,人们逐渐淡忘了诗歌。诗人,逐渐由令人骄傲的称谓变成了带有讥讽味道的称呼。也许我们认为,现代社会物质文明的高速发展是导致诗歌沉沦的根本原因。然而对于"诗亡"的忧虑,并不是今天才有的。隋代王通《中说·关朗篇》中有这样一段对话:薛收问曰:"今之民胡无诗?"子曰:"诗者民之情性也,情性能亡乎? 非民无诗,职诗者之罪也。"

隋人已经在担心"今之民无诗",而随之而来的大唐正是诗歌发展的巅峰时代。清人何绍基《与汪菊士论诗》中说道:"凡学诗者,无不知要有真性情,却不知真性情者,非到做诗时方去打算也。"

诗歌使人心灵不死。同样,无论何时,我们的心灵也会使诗歌不死。

## 二、诗歌的韵律

虽然诗是"志之所之",但就文学体式而言,并不是所有抒情的文字都被视为诗。诗是情智与语言的精粹。所以《诗经·大序》中说:"情发于声,声成文谓之音。"所谓的"文",包括文采、韵律等。因此,即使是上古先民的诗歌也必然要押韵,也必然具有很强的韵律感。如《吴越春秋》所载的《弹歌》:"断竹,续竹,飞土,逐宍(肉,'竹''肉'古为入声字,可以押韵)。"即便《弹歌》具有浓厚的原始部落的味道,依然具有强烈的韵律感。

古诗,从时间上和格律上有不同的界定。从时间上看,1840年(鸦片战争)以前的诗为"古诗(古代诗歌)"。1840年以后的人即使写出完全合乎格律的作品也称"现代诗歌"。从格律上看,上古至唐代格律诗之前的诗歌,被称为古诗、古体诗或古风。古诗没有特殊的格律限制,但是押韵是最基本的要求。近体诗,是与古体诗相对的。每句有相对固定的平仄格律要求,押韵也较古体更严格一些。

然而无论是古体诗,还是近体诗,其平仄、押韵等格律所遵循的,都是传统的以"平上(shǎng)去入"为基础的音韵系统,而非现代汉语"阴阳上去"的音韵系统。所谓平仄,就是平声为平,上去入三声为仄。

古代这套音韵系统经过历史流变,逐渐形成了比较固定的"平水韵"体系。所谓平水韵,是因其刊行者宋末平水人刘渊而得名的。平水韵依据唐人用韵情况,把汉字划分成106个韵部(其书今佚)。每个韵部包含若干字,作律诗、绝句用韵,其韵脚的字必须出自同一韵部,不能错用。

很多现代韵母相同的字,在古代读音是不同的,不能混押。譬如:【一东】中的"东"和【二冬】中的"冬"就不能混押。

同样,有些现代汉语韵母不同的字,古代汉语读音相同,是一个韵部的,可以押韵。譬如:支、垂、奇都是【四支】韵的,可以押韵;花、车、蛇、瓜、斜都是【六麻】韵的,可以押韵。

再有,有些字,古音声调和现代汉语不同。有的是平仄两读(也就是多音字),有的则是音调转变了,譬如以下例子。

论:(动词)平声【十三元】例:"千载琵琶作胡语,分明怨恨曲中论。"(杜甫《咏怀古迹》其三)
(名词)去声【十四愿】

拥:上声【二肿】例:千骑拥高牙(柳永《望海潮》)——平仄仄平平

更重要的是,古代汉语有"入声"字,现代汉语普通话已经没有入声了。这导致今天很多人不知道还有入声这个声调。入声字的特点是韵母由元音和"塞音韵尾"-p(-b)、-t(-d)、-k(-g)构成,读起来最后喉咙会阻塞一下,这种字的特点是读音短促,一发即收。我们总说中文读起来"抑扬顿挫",其中的"顿挫"除了人为的阅读方式以外,主要是入声字所体现出的特点。入声在现代一些南方方言,如粤语、闽南语、吴语、部分赣语与客家话中仍完整地保存着韵尾三分;在晋语中保留-k韵尾;在吴语、江淮官话、部分西南官话中保留喉塞音;在湘语、部分赣语、部

分西南官话与江淮官话中保留独立调值。我们举个例子,比如"别"字:

  别:现代读音,汉语拼音——bié

    古代读音,国际音标——pĭet  汉语拼音——bide

  这看起来可能有些不好理解,但是大家如果参考一下现在流行的粤语电影对白以及粤语歌曲里很多字音的特点,很容易就弄明白是怎么回事了。

  你只有懂得了"平上去入"这套平水韵体系,才能真正体会到古典诗词应有的韵律。那时你才会发现,原来很多用现代汉语读起来别扭的古诗,都是有着非常完美的格律的。

## 三、近体诗的平仄

  诗歌虽非抒写性灵之作,而当你的天才不足以驾驭语言时,格律就可帮你抒写得更好。即使是提倡"我手写我口"的黄遵宪,他的作品依然是符合格律的。新诗人中,闻一多先生是"新格律派"代表人物,他认为:

  假定"游戏本能说"能够充分地解释艺术的起源,我们尽可以拿下棋来比作诗;棋不能废除规矩,诗也就不能废除格律(格律在这里是 form 的意思)。"格律"两个字最近含着一点坏的意思;但是直译 form 为形体或格式也不妥当。并且我们若是想起 form 和节奏是一种东西,便觉得 form 译作格律是没有什么不妥的了。假如你拿起棋子来乱摆布一气,完全不依据下棋的规矩进行,看你能不能得到什么趣味?游戏的趣味是要在一种规定的格律之内出奇制胜。作诗的趣味也是一样的。假如诗可以不要格律,作诗岂不比下棋、打球、打麻将还容易些吗?难怪这年头儿的新诗"比雨后的春笋多些"。我知道这些话准有人不愿意听。但是 Bliss Perry 教授的话来得更古板。他说:"差不多没有诗人承认他们真正给格律缚束住了。他们乐意戴着脚镣跳舞,并且要戴别个诗人的脚镣。"(《诗的格律》)

  后人往往断章取义,认为闻一多说诗人是"戴着镣铐跳舞"。其实很明显,格律并不是镣铐,格律是舞步。小孩子高兴起来乱蹦乱跳,你固然可以说这是一种天然的舞蹈,然而真正赏心悦目的舞蹈则都是具有一定舞步的,而且有时舞步越复杂、难度越大,精彩程度也就越高。近体诗(格律诗)亦如是。

  唐初格律诗刚刚兴起,还没有完全成熟,很多诗不完全符合后代近体诗的格律要求。现在只是把成熟起来的近体诗的原则和格律告诉大家,近体诗主要原则如下:

①平仄依平水韵,平仄不通押(例如,不能连用"东"和"动"押韵)。

②平仄相间(具体格式见后文)。

③一联中的两句平仄相"对",两联之间平仄相"黏"。

④偶数句押韵(首句可押可不押)。

⑤避免"孤平"(详见后文)。

⑥一三五不论,二四六分明(五言为"一三""二四",不论前提是要避免孤平)。

近体诗格律分类:

五言绝句:①仄起式。②平起式。

五言律诗:①仄起式。②平起式。

七言绝句:①仄起式。②平起式。

七言律诗:①仄起式。②平起式。

【五言绝句】

(1)仄起式：仄仄平平仄，平平仄仄平(韵)。
　　　　　　平平平仄仄，仄仄仄平平(韵)。
　　按，首句押韵，第一句就作"仄仄仄平平(韵)"。
(2)平起式：平平平仄仄，仄仄仄平平(韵)。
　　　　　　仄仄平平仄，平平仄仄平(韵)。
　　按，首句押韵，第一句就作"平平仄仄平(韵)"。

【五言律诗】

五言律诗就是把五言绝句翻一倍。
(1)仄起式：仄仄平平仄，平平仄仄平(韵)。
　　　　　　平平平仄仄，仄仄仄平平(韵)。
　　　　　　仄仄平平仄，平平仄仄平(韵)。
　　　　　　平平平仄仄，仄仄仄平平(韵)。
　　按，首句押韵，第一句就作"仄仄仄平平(韵)"。
(2)平起式：平平平仄仄，仄仄仄平平(韵)。
　　　　　　仄仄平平仄，平平仄仄平(韵)。
　　　　　　平平平仄仄，仄仄仄平平(韵)。
　　　　　　仄仄平平仄，平平仄仄平(韵)。
　　按，首句押韵，第一句就作"平平仄仄平(韵)"。

【七言绝句】

(1)仄起式：仄仄平平平仄仄，平平仄仄仄平平(韵)。
　　　　　　平平仄仄平平仄，仄仄平平仄仄平(韵)。
　　按，首句押韵，第一句就作"仄仄平平仄仄平(韵)"。
(2)平起式：平平仄仄仄平平，仄仄平平仄仄平(韵)。
　　　　　　仄仄平平平仄仄，平平仄仄仄平平(韵)。
　　按，首句押韵，第一句就作"平平仄仄仄平平(韵)"。

【七言律诗】

七言律诗就是七言绝句翻一倍。
(1)仄起式：仄仄平平平仄仄，平平仄仄仄平平(韵)。
　　　　　　平平仄仄平平仄，仄仄平平仄仄平(韵)。
　　　　　　仄仄平平平仄仄，平平仄仄仄平平(韵)。
　　　　　　平平仄仄平平仄，仄仄平平仄仄平(韵)。
　　按，首句押韵，第一句就作"仄仄平平仄仄平(韵)"。
(2)平起式：平平仄仄仄平平，仄仄平平仄仄平(韵)。
　　　　　　仄仄平平平仄仄，平平仄仄仄平平(韵)。
　　　　　　平平仄仄平平仄，仄仄平平仄仄平(韵)。
　　　　　　仄仄平平平仄仄，平平仄仄仄平平(韵)。
　　按，首句押韵，第一句就作"平平仄仄仄平平(韵)"。

以上是近体诗的最基本格律，下面简单说两个问题：

第一是孤平。对于初学者要极力避免孤平。孤平自古以来没有一个明确的定义，一派认为押韵的句子中，除韵脚之外只有一个平声字，就叫孤平（"仄仄仄平平"除外）。

五言孤平句：仄平仄仄平。

七言孤平句：仄仄仄平仄仄平，平仄仄平仄仄平。

另一派认为"两仄夹一平"就是孤平。这一派认为孤平不限于韵句存在，因此由此派所定义的孤平就会有很多种例子，比如：仄平仄仄平平仄，平仄仄平仄平仄。但是有些句子在格律诗中即使"两仄夹一平"也不算孤平，比如：仄仄平平平仄仄。

第二是"一三五不论，二四六分明"，即除押韵的最后一个字不能动以外，第二、第四、第六字平仄不可变，而第一、第三、第五字可平可仄，但是要避免孤平。比如：仄仄平平仄仄平——第三字如果要用仄声，就变成了"仄仄仄平仄仄平"，就是孤平了。因此，第五字也要调整为平声，变为"仄仄仄平平仄平"，就没有问题了。

## 四、近体诗的对仗

近体诗中，就正体而言，五言、七言律诗中间两联要求对仗，其他的句子可对可不对。

从意义的角度来看，对仗主要分两种：正对与反对。正对即同义对（近义对），反对即反义对。正对，如"红"对"赤"便是；反对，如"黑"对"白"便是。

正对就是上下两句是从一个角度出发的，是一个意思。正对有时难免上下句是一个意思，比如刘勰《文心雕龙·丽辞》引了张华和刘琨的两句诗：

游雁比翼翔，归鸿知接翩——张华

宣尼悲获麟，西狩泣孔邱——刘琨

刘勰评价这两句说："若斯重出，即对句之骈枝也。"诗中的"游雁"与"归鸿"皆指飞鸟，"比翼"与"接翩"皆指并翅齐飞。虽有小异，毕竟大同。"宣尼"就是"孔丘（邱）"，孔子名丘，字仲尼，后代称其为宣圣，又封为大成至圣文宣王，因此也叫"宣尼"。而"悲获麟"和"西狩泣"用的也都是同一个典故。这就难怪刘勰称这两对"重出"（重复出现）"骈枝"了。骈枝，骈指脚趾长在一起，枝指手上多生出来的指头，比喻多余而无用。当然，正对不是绝对不可用，用得恰当，也有加强情感的作用，要能同中见异。另外，有好多对联，似乎没有明确的正反关系，这样的对联也可归到正对里。而反对就是上下两句从不同角度出发的，意思是相反的。如岑参《寄左省杜拾遗》的"白发悲花落，青云羡鸟飞"，一悲慨一艳羡，两句的反差使得诗歌所要表达的效果更强烈。

对仗是从义对发展起来的，所以一般越古的对仗就越宽。后来为了见其工巧，对仗从词性、门类、典故，到音律上皆日趋严格。再后来诗人嫌其呆板拘束，又时常打破严整的工对，使用宽对，于工整中见灵动。

不过学格律诗或对联的人，还是要从严对入手，以锻炼自己驾驭语言文字的能力。

工对第一要求词性相对：名词对名词，如"天"对"地"；动词对动词，如"视"对"听"；形容词对形容词，如"暖"对"寒"；副词对副词，如"已"对"将"；颜色对颜色，如"绿"对"红"；数词对数词，量词对量词，如"三斗"对"一杯"；等等。

工对第二要求短语结构相对：偏正对偏正，如"大陆"对"长空"；动宾对动宾，如"饮露"对"餐风"；主谓对主谓，如"颜巷陋"对"阮途穷"；等等。

工对不允许上下联出现重复的字。古诗的对仗中上下联可以有重复出现的字,如《诗经·大雅·荡》"靡不有初,鲜克有终。"而对联中的长联因字数太多,上下联中偶有重字也可通融。

古人对仗很讲究同类事物相对,如"蜀栈"对"秦关",则是地理中的地名相对。古人为了作骈文和近体诗,将万事万物分门别类,编成可供随时查阅的"类书"。有人说外国人编百科全书的时候,中国人都去编类书了。可见类书在中国文化中的重要性。中国古代的类书很多,如果想学写格律诗,最好有一本清代汤文璐的《诗韵合璧》。这部书将作诗文常用的典故编为《词林典腋》,计有:

天文门、时令门、地理门、帝后门、职官门、政治门、礼仪门、音乐门、人伦门、人物门、闺阁门、形体门、文事门、武备门、技艺门、外教门、珍宝门、宫室门、器用门、服饰门、饮食门、菽粟门、布帛门、草木门、百花门、果品门、飞鸟门、走兽门、鳞介门、昆虫门。

而每一门下,还分小类。如"飞鸟门"下分:

鸟总、凤、鸾、孔雀、鹤、鸿雁、雁子、鹏、雉、鹰、鸠、乌、鸦、鹊、雀、鹦鹉、白鹦鹉、红鹦鹉、百舌、鸳鸯、鸥、鹭、莺、燕、子规、鹧鸪、鸡、斗鸡、鹅。

实际以现在的眼光来看,这种分类有些逻辑上的问题,比如"白鹦鹉""红鹦鹉"皆应归在"鹦鹉"之下,不应与"鹦鹉"并列。但这部书主要是为作诗文编的,首先要考虑到实用。因红白鹦鹉在古诗中所见最多,故单列成一类。

该书在每类之下收集了很多前人诗文中可以构成对仗的好词句(以词为主)。比如"燕"下列有:

| 紫颔 | 乃睇 | 啄草 | 金屋 |
| 红襟 | 于飞 | 衔花 | 珠帘 |
| 掠水 | 度柳 | 巷口 | 冲风 |
| 偎风 | 穿花 | 堂前 | 冒雨 |
| 春分 | 画栋 | 花间 | 寻伴 |
| 秋社 | 朱楼 | 梁上 | 安巢 |
| 乌衣巷 | 寻旧主 | 山杏雨 | |
| 白玉楼 | 垒新巢 | 野棠风 | |
| 和梅雨 | 秋后别 | 翻风去 | |
| 拣杏梁 | 社前逢 | 带雨归 | |

珠帘十二,玉翦一双。帘窥甲帐,路识丁桥。一觜芹泥,浑身杏雨。

花前早至,社后频来。栖白玉之堂,号乌衣之国。汉宫掌舞,赵女钗飞。

参差送远,上下于飞。岁有期而必至,主虽贫而亦归。轻衫一两,细翦双封。

杨柳枝高,笑微吟之染碧;桃花影重,看小喙之黏红。荇丝浅绿,杏子黄初。

石氏歌台,裹雕梁以玳瑁;王家酒榭,缀帘幕以珍珠。留莺学语,共蝶争香。

记六朝之巷,名是乌衣;入百姓之家,梦谁朱户。

另外,世传清代车育万所著《声律启蒙》、李渔所著《笠翁对韵》都是以典故为主的工对。如《声律启蒙》第一段:

云对雨,雪对风,晚照对晴空。来鸿对去燕,宿鸟对鸣虫。三尺剑,六钧弓,岭北对江东。人间清暑殿,天上广寒宫。两岸晓烟杨柳绿,一园春雨杏花红。两鬓风霜,途次早行之客;一蓑烟雨,溪边晚钓之翁。

对仗过于工整,则缺乏灵动,易局促狭小。在过于严格的规则的制约之下,再有才情的诗人也难免束手束脚。因此很多诗人在个人创作时,还是愿意使用相对自由一点的宽对。比如刘长卿的《却归睦州至七里滩下作》:

南归犹谪宦,独上子陵滩。
江树临洲晚,沙禽对水寒。
山开斜照在,石浅乱流难。
惆怅梅花发,年年此地看。

这首诗中间两联都是可以算是宽对,但诗却自然流畅、清新宜人。

### 写作实践

(1)诗以抒情为基础,然而历代也有不少哲理诗,如张旭《山行留客》(山光物态弄春晖)、苏轼《题西林壁》(横看成岭侧成峰)、朱熹《观书有感》(半亩方塘一鉴开)等。请你从古典诗歌中找一首哲理诗,根据你的思考或联想写一篇文章,不少于800字。

(2)华兹华斯曾经说过:"诗起于经过在沉静中回味来的情绪。"当代人往往认为古典诗歌的形式不足以表现今人的情感,然而很多打动我们的诗歌仍然是古诗。有些情感无古无今,是人类永恒的情绪。结合近期正在学习的古代诗歌,尝试写一首古体诗或者近体诗。

# 第五课

## 词的情怀

### 话题导引

## 一、词的特质

### （一）词的发展

词是继诗之后的又一种文学体裁，又称曲子词、乐府、乐章、长短句、诗余、琴趣等。词始于唐，定型于五代，盛于宋。

词的本意就是歌词之词。五代欧阳炯在《花间集·序》中说道："则有绮筵公子，绣幌佳人，递叶叶之花笺，文抽丽锦；举纤纤之玉指，拍按香檀。不无清绝之词，用助娇娆之态。"可见词的起源就是酒筵歌席之间所唱的歌词，所以与流行歌曲一样，多写男女爱情。而词经历了北宋晏（殊）、柳（永）、欧（阳修）、苏（轼）等人，逐渐把歌词之词转化为诗化之词，诗人开始借助这一题材写一些更为深沉的胸怀。

词至北宋末年周邦彦，再经南宋姜（夔）、吴（文英）、王（沂孙）等人，又经历了一个赋化的过程，变得更为精工细腻、体物入微。词至元明衰落，直至明末以陈子龙为核心的"云间派"的推动才再度兴起。清代是词中兴的年代，产生了浙西派、常州派等诸多流派，同时也产生了陈维崧、朱彝尊、纳兰性德、顾贞观、项鸿祚、张惠言、蒋春霖、谭献、王鹏运、朱孝臧、郑文焯、况周颐、文廷式、王国维等著名词人与词学家。

### （二）词的性质

对于词的特质，历代均有论述。清代李渔在《窥词管见》中说："作词之难，难于上不似诗，下不类曲，不溜不磷，立于二者之中。"清人周济在《介存斋论词杂著》中谈到学词的体会与门径："学词先以用心为主，遇一事、见一物，即能沉思独往，冥然终日，出手自然不平。""初学词求空，空则灵气往来。既成格调求实，实则精力弥满。初学词求有寄托，有寄托则表里相宜，斐然成章。既成格调，求无寄托，无寄托，则指事类情，仁者见仁，知者见知。"而王国维在《人间词话》提出的"境界"之说对于今人的影响极为深远："词以境界为最上。有境界，则自成高格，自有名句。"又说："词之为体，要眇宜修。能言诗之所不能言，而不能尽言诗之所能言。诗之景阔,词之言长。"而清末另一位词人况周颐在《蕙风词话》中则提出"重、拙、大"的词学审美观("作词有三要,曰重、拙、大。南渡诸贤不可及处在是")。然而他也说道:"真字是词骨。情真、景真,所作为佳,且易脱稿。"

王国维说:"词人者,不失其赤子之心者也"。而况周颐则将"词心"解释为"万不得已"。他说:"吾听风雨,吾览江山,常觉风雨江山外有万不得已者在。此万不得已者,即词心也。而能以吾言写吾心,即吾词也。此万不得已者,由吾心酝酿而出,即吾词之真也,非可强为,亦无庸强求。视吾心之酝酿何如耳。吾心为主。吾心为主,而书卷其辅也。书卷多,吾言尤易出耳。"这段论述与宋代严羽《沧浪诗话》中"夫诗有别材,非关书也;诗有别趣,非关理也。然非多读书、多穷理,则不能极其至,所谓不涉理路、不落言筌者,上也。诗者,吟咏情性也"的观点有异曲同工之处。

叶嘉莹教授在谈到词的特质时,提出了"弱德之美":"词里面所写的感情是贤人君子幽约怨悱不能自言之情,是在强大的压力之下,我不得不收敛、我不得不压抑,而我那个志意也依然尚在的那种挣扎的、那种压抑的那种痛苦和悲哀……好的词,就是长调,就是豪放的词,也是以弱德为美。词体的弱德之美,是指感情上那种承受,而在承受的压抑之中的自己的坚持。所以虽然是弱,但是是一种德。弱德之美,而弱德是我们儒家的传统,行有不得反求诸己,躬自厚而薄责于人,是我在承受压抑之中坚持我的理想、我的持守,坚持而不改变。这是从情理来说,之所以造成如此的美感,和词体产生的性别文化的语境有关。从体式来说,词体的那种抑扬顿挫,那种吞吐低回,就是适合表现这种美感的。"(《从文学体式与性别文化谈词体的弱德之美》)

## 二、词的常识

每首词都有一个调名,叫作"词牌"。词主要可以按以下方式分类。

(1)按长短规模分,词可分为小令(58字以内)、中调(59~90字)和长调(91字以上,最长的词达240字)。一首词,有的只有一段,称为单调;有的分两段,称双调;有的分三段或四段,称三叠或四叠。

(2)按拍节、音乐性质分,词可分为令、引、近、慢、诸宫调等九种。令、引、近、慢是唐宋杂曲的四种体制。令为令曲,即小令,每片四拍;引和近每片六拍;慢即慢曲,每片八拍。由于拍子多少不同,令词一般短小(少数令词已属长调),引、近接近中调,慢词较长。但它们之间的区别,并不在字数多少,而在于音乐的节奏不同。

(3)按创作风格分,词可分为婉约派和豪放派。词的平仄最早是配合乐曲的,不是绝对固定的。后来渐渐形成词谱,尤其是词的音乐消亡之后,词谱就成为填词的基本依据。词的平仄与诗的平仄一样,都是平水韵体系的。填词可参考清代戈载所编的《词林正韵》。词的用韵要比诗宽一些,如【一东】【二冬】在近体诗中不能通押,但是在词中就可以通押。这也是因为语音发展到宋代,很多韵母逐渐合并了。然而宋人写近体诗,绝不会因为口语读音而改变押韵方式。在他们的诗中,【一东】【二冬】依然不通押。同样,后代曲学兴起,曲的押韵又和当时的语音比较贴近,然而元明人填词却也不用当时的口语读音。这也向我们昭示了中国诗歌发展的一条规律:每一时代会有与同时代口语读音相吻合的新的诗歌形式产生,然而这一形式一旦成熟定型,其语音系统就不再随口语改变,形成一个"独立的世界"。因此,我们在创作诗、词、曲时,都要遵循既定的格律与音韵。而同时,我们这个时代也可以有符合这一时代特色的新的诗歌形式产生。

## 三、词谱举例

这里举几个词牌对照例词,需要注意的是,很多词牌不只有一体,有变体。词牌符号含义如下:平,表示填平声字;仄,表示填仄声字;中,表示可平可仄。句末平仄指韵脚。

1. 菩萨蛮

菩萨蛮的正体是双调,44字。上下片各四句,两仄韵,两平韵。下片后二句与上片后二句字数格式相同。

例词:

李白《菩萨蛮·平林漠漠烟如织》

中平中仄平平仄,中平中仄平平仄。中仄仄平平,中平中仄平。

**平林漠漠烟如织,寒山一带伤心碧。暝色入高楼,有人楼上愁。**

中平平仄仄,中仄中平仄。中仄仄平平,中平中仄平。

**玉阶空伫立,宿鸟归飞急。何处是归程,长亭更短亭。**

2. 浪淘沙

浪淘沙有两种格式,一为仄起式,一为平起式,4句28字,与七绝仄起平起式全同,有多种变体。

(1)仄起式。

例词:

刘禹锡《浪淘沙·日照澄洲江雾开》

中仄平平中仄平,中平中仄仄平平。中平中仄中平仄,中仄平平仄仄平。

**日照澄洲江雾开,淘金女伴满江隈。美人首饰侯王印,尽是沙中浪底来。**

(2)平起式。

例词:

皇甫松《浪淘沙·滩头细草接疏林》

中平中仄仄平平,中仄平平中仄平。中仄中平平仄仄,中平中仄仄平平。

**滩头细草接疏林,浪恶罾舡半欲沉。宿鹭眠鸥飞旧浦,去年沙嘴是江心。**

3. 念奴娇

念奴娇又名"百字令""酹江月""大江东去""湘月",得名于唐代天宝年间的一个名叫念奴的歌伎。此调以苏轼《念奴娇·中秋》为正体,双调100字,前片49字,后片51字,各十句四仄韵。另有双调100字,前片九句四仄韵,后片十句四仄韵等十一种变体。

(1)正体。

例词:

苏轼《念奴娇·中秋》

中平中仄,仄平中中仄,中平平仄。中仄中平平仄仄,中仄中平平仄。

**凭高眺远,见长空万里,云无留迹。桂魄飞来光射处,冷浸一天秋碧。**

中仄平平,中平中仄,中仄平仄。中平中仄,仄平平中仄。

**玉宇琼楼,乘鸾来去,人在清凉国。江山如画,望中烟树历历。**

中仄中仄平平,中平中仄,中仄平平仄。中仄中平平仄仄,中仄中平平仄仄。

**我醉拍手狂歌,举杯邀月,对影成三客。起舞徘徊风露下,今夕不知何夕。**

中仄平平,中平中仄,中仄平平仄。中平平仄,仄平平仄平仄。

**便欲乘风,翻然归去,何用骑鹏翼。水晶宫里,一声吹断横笛。**

(2)变体。

例词:

苏轼《念奴娇·大江东去》

仄平平仄,仄平仄,平仄平平仄仄。仄仄平平,平仄仄,平仄平平仄仄。

**大江东去,浪淘尽,千古风流人物。故垒西边,人道是,三国周郎赤壁。**

仄仄平平,平仄仄仄,中平平仄仄。平平仄仄,仄中平仄平仄。

**乱石崩云,惊涛裂岸**①**,卷起千堆雪。江山如画,一时多少豪杰。**

中仄中仄平平,仄平平仄仄,平平平仄。仄仄平平,平平仄,中平平仄仄。

**遥想公瑾当年,小乔初嫁了,雄姿英发。羽扇纶巾,谈笑处**②**,樯橹灰飞烟灭。**

仄仄平平,中平中仄仄,仄仄平仄。中平平仄,仄平平仄平仄。

**故国神游,多情应笑我,早生华发。人生如梦,一尊还酹江月。**

### 4.沁园春

沁园春又名"东仙""寿星明""洞庭春色"等。以苏轼词《沁园春·孤馆灯青》为正体,双调114字,前段十三句四平韵,后段十二句五平韵。另有双调116字,前段十三句四平韵,后段十三句六平韵,双调112字,前段十三句四平韵,后段十二句五平韵等变体,代表作有毛泽东的《沁园春·雪》等。

(1)正体。

例词:

苏轼《沁园春·孤馆灯青》

中中平平,中中中中,中中中平。

**孤馆灯青,野店鸡号,旅枕梦残。**

仄中平中仄,中平中仄,中平中仄,中仄平平。

**渐月华收练,晨霜耿耿,云山摛锦,朝露漙漙。**

中仄平平,中平中仄,中仄平平中仄平。

**世路无穷,劳生有限,似此区区长鲜欢。**

中平仄,中中平中仄,中仄平平。

**微吟罢,凭征鞍无语,往事千端。**

中平中仄平平,中中仄,中平中仄平。

**当时共客长安,似二陆,初来俱少年。**

---

① 崩云,一作"穿空";裂,一作"拍"。
② 处,一作"间"。

仄中平中仄,中平中仄,中平中仄,中仄平平。
**有笔头千字,胸中万卷,致君尧舜,此事何难。**
中仄平平,中平中仄,中仄平平中仄平。
**用舍由时,行藏在我,袖手何妨闲处看。**
中中仄,仄中平中仄,中仄平平。
**身长健,但优游卒岁,且斗尊前。**

(2)变体。
例词:
**毛泽东《沁园春 雪》**
中仄平平,中仄平平,仄仄仄平
**北国风光,千里冰封,万里雪飘。**
仄中平中仄,中平中仄,中平中仄,中仄平平。
**望长城内外,惟余莽莽;大河上下,顿失滔滔。**
中仄平平,中平中仄,中仄平平中仄平。
**山舞银蛇,原驰蜡象,欲与天公试比高。**
平平中仄平平,仄中仄平平中仄平。
**须晴日,看红装素裹,分外妖娆。**

平平中仄平平,仄中仄平平中仄平。
**江山如此多娇,引无数英雄竞折腰。**
仄中平中仄,中平中仄,中平中仄,中仄平平。
**惜秦皇汉武,略输文采;唐宗宋祖,稍逊风骚。**
中仄平平,中平中仄,中仄平平中仄平。
**一代天骄,成吉思汗,只识弯弓射大雕。**
平平仄,仄中平中仄,中仄平平。
**俱往矣,数风流人物,还看今朝。**

记载词谱的书籍,大家可以参考清代万树著的《词律》,陈廷敬、王奕清等奉康熙皇帝命编写的《钦定词谱》,清代舒梦兰编选《白香词谱》,潘慎著的《词律辞典》等。

## 写作实践

(1)如果说,中国文学是姹紫嫣红的百花园,那么,古诗词就是艳冠群芳的牡丹;如果说,中国文学是绵延万里的长城,那么,古诗词就是巍峨雄伟的山海关。走进中国古诗词,就如走进一片浩瀚的艺术星空,每一个名字,都是一颗闪亮的星星,让人仰叹!由唐至清末,词家辈出。你喜欢谁的词?喜欢哪首词?请写一段赏析文字。

(2)绵绵的细雨飘洒在江南的天空,散落在杨柳岸,是谁的衣襟沾上了渭城的轻尘?沉香亭北的繁华消歇落尽,登上远眺的楼头,是谁伤怀于一曲玉树后庭?中国传统诗词的写作至今没有中断。请结合近期正在学习的古代诗歌,用笔、用键盘,更用时代的思想,尝试填一首词。

# 第六课

## 辞赋情怀

### 话题导引

## 一、辞赋的特点

赋作为文学创作手法，最早被列为《诗经》六义之一。古人的解释是："赋之言'铺'，直铺今之政教善恶。"刘勰也说："赋者，铺也。铺采摛文，体物写志也。"(《文心雕龙·诠赋》)用现代的话解释，"铺"就是"铺陈"的意思，即陈述、描写、刻画；"体物"则是描述事物、摹状事物。后来，赋形成了一种文体，依然以铺陈、体物为主。晋代陆机《文赋》说："诗缘情而绮靡，赋体物而浏亮。"浏亮是清楚明朗的意思。也就是说，赋必须把事物写得非常细致透彻，要"穷形尽相"，但并不以抒情为主。

班固在《两都赋·序》中说道："赋者，古诗之流也。"他认为赋是古代诗歌衍变出来的一种文体。因此，赋的另一个特点与诗歌相同，就是必须押韵。由于音韵变化了，或者后代辞赋偶有不押韵的散句，因此今天我们读古人的辞赋可能意识不到其押韵。比如苏轼《前赤壁赋》第一段："壬戌之秋，七月既望，苏子与客泛舟游于赤壁之下。清风徐来，水波不兴。举酒属客，诵明月之诗，歌窈窕之章。少焉，月出于东山之上，徘徊于斗牛之间。白露横江，水光接天。纵一苇之所如，凌万顷之茫然。浩浩乎如冯虚御风，而不知其所止；飘飘乎如遗世独立，羽化而登仙。"——"壬戌之秋"至"歌窈窕之章"是散入，从"少焉"开始，"焉""间""天""然""仙"都是押韵的。而《滕王阁序》之所以只能算作骈文，而不能算作辞赋，就是因为它并不押韵。因此说，赋是介于诗和散文之间的，有些类似于后世的散文诗。

"赋"的名称最早见于战国后期荀子的《赋篇》。古人认为赋是由楚辞衍化出来的，也继承了《诗经》讽喻的特点。然而赋铺陈的比例远远大于说理讽刺。正如《汉书·司马相如传》所说："扬雄以为靡丽之赋，劝百而讽一，犹骋郑卫之声，曲终而奏雅，不已戏乎！"颜师古注："奢靡之辞多，而节俭之言少也。"言司马相如之赋虽意在讽谏，但终因奢靡之辞多而掩其意。后以"劝百讽一"指文章意在使人警戒，但结果却适得其反。

赋的特点如下：①语句上以四、六字句为主，并追求骈偶；②语音上要求声律谐协；③文辞上讲究藻饰和用典；④内容上侧重于写景，借景抒情。

总之，"赋者铺也""赋体物而浏亮""劝百讽一""曲终奏雅"，是历代辞赋的整体特征。

## 二、辞赋的发展

赋经历了骚赋、汉赋、骈赋、律赋、文赋几个阶段。

骚赋，指骚体作品。宋代史学家宋祁说："《离骚》为词赋之祖，后人为之，如至方不能加矩，至圆不能过规。"司马迁选择"辞"与"赋"两个词给先秦楚国诗歌命名。不过，他还是倾向于把屈原的作品以"辞"来命名，这是由于屈原的作品富于文采之故；而把宋玉、唐勒、景差等人的作品称为"赋"。明胡应麟《少室山房笔丛·经籍会通二》："集之名昉于楚乎，屈、宋、唐、景皆楚也，非骚赋无以有集。"骚体赋是赋体文学兴盛的开端，从先秦时期到汉初，继承了楚辞用"兮"字等特点。

汉赋，从楚辞发展而来，并吸取了荀子《赋篇》的体制和纵横家的铺张手法。汉赋有小赋和大赋两种。小赋多为抒情作品。大赋多写宫观园苑之盛和帝王穷奢极欲的生活，绮靡富丽，为当时统治者所喜爱。司马相如是汉赋的代表人物。扬雄欣赏他的赋作，赞叹说："长卿赋不似从人间来，其神化所至邪！"司马相如被班固、刘勰称为"辞宗"，被王应麟、王世贞等学者称为"赋圣"。汉武帝读了司马相如的《大人赋》，认为"飘飘有凌云之气，似游天地之间意"。然而汉代大赋篇幅过长，生僻之字过多，后人读起来颇为吃力。因此汉赋极盛一时，后来就慢慢被篇幅短小一些的辞赋形式所取代。

骈赋，也叫俳赋。骈赋接近汉赋而篇精短，讲究对仗、用典，近于诗歌，音节动人。六朝时期的赋，多为骈赋，注重抒情，篇幅居中。举江淹《别赋》一段，可谓其代表："黯然销魂者，唯别而已矣。况秦吴兮绝国，复燕宋兮千里。或春苔兮始生，乍秋风兮暂起。是以行子肠断，百感凄恻。风萧萧而异响，云漫漫而奇色。舟凝滞于水滨，车逶迟于山侧。棹容与而讵前，马寒鸣而不息。掩金觞而谁御，横玉柱而沾轼。居人愁卧，怳若有亡。日下壁而沉彩，月上轩而飞光。见红兰之受露，望青楸之离霜。巡层楹而空掩，抚锦幕而虚凉。知离梦之踯躅，意别魂之飞扬。"

律赋，对偶工整，于音律、押韵都有严格规定，为唐宋以来科举考试所采用。宋陈鹄《耆旧续闻》卷四："至唐以来，乃以声律取士，则今之律赋是也。"姚华《论文后编·目录中》："今赋试于所司，亦曰律赋。时必定限，作有程式，句常隔对，篇率八段，韵分于官，依韵为次，使肆者不得逞，而谨者亦可及。自唐迄清，几一千年。"可见律赋主要是一种考试用的文体，在文学史上经典作品较少。

文赋，即相对骈文而言的用古文写的赋，不拘骈偶。文赋是唐宋古文运动的产物。如韩愈《进学解》等虽不以"赋"名篇，但其体裁取自东方朔《答客难》、扬雄《解嘲》，正是《文选》列为"设论"一类的古赋之体。譬如其中一段："沉浸浓郁，含英咀华。作为文章，其书满家。上规姚姒，浑浑无涯。周诰、殷盘，佶屈聱牙。春秋谨严，左氏浮夸。易奇而法，诗正而葩。下逮庄骚，太史所录。子云、相如，同工异曲。先生之于文，可谓闳其中而肆其外矣。"可见文赋具有典型的辞赋的特点。

## 写作实践

(1) 晋左思作《三都赋》，构思十年，赋成，不为时人所重。及皇甫谧为作序，张载、刘逵为作注，张华见之，叹为"班、张之流也"，于是豪富之家争相传写，洛阳纸价因之昂贵。唐代太学博士吴武陵读到杜牧《阿房宫赋》后，向侍郎崔郾推荐说："向偶见文士十数辈，扬眉抵掌，共读一卷文书，览之，乃进士杜牧《阿房宫赋》，其人王佐才也。"

清代陈元龙奉敕编纂的《历代赋汇》，"正变兼陈，洪纤毕具，信为赋家之大观"，是迄今为止辑录先秦至明代赋作最为完备的赋体作品总集。请同学们从历代辞赋中选取一篇你所喜爱的作品，或向同学们介绍一位辞赋大家。

(2) 赋以"体物"为主，因此历代名赋，多为体物之篇，如王褒的《洞箫赋》、祢衡的《鹦鹉赋》、谢庄的《月赋》、谢惠连的《雪赋》等。请你也选择一"物"，创作一篇小赋，也可作一篇抒情短赋。

# 第七课

## 逻辑的力量

**话题导引**

### 一、发现潜藏的逻辑谬误

#### (一)什么是逻辑?

逻辑(logic)是一个外来词语的音译,指的是思维的规律和规则。

学习逻辑的意义如下:逻辑是关于思维规律的科学,是思维的语法,学习逻辑有助于我们养成健康的思维品质。学习逻辑可以帮助我们更好地辨别真假,弄清真相;学习逻辑可以帮助我们更好地判断与推理,提高工作、学习效率;学习逻辑可以帮助我们学会合理思考与准确表达,更好地与他人沟通与交流。

#### (二)逻辑的四种基本规律及其潜在的逻辑谬误

人们的思维是否正确,很大程度上取决于思维的逻辑形式是否正确。如果思维形式违反了逻辑的基本规律,思维就会出现混乱,就不能正确地认识事物和准确地表达思想。逻辑的四种基本规律是同一律、矛盾律、排中律和充足理由律。

1. 同一律

同一律的基本内容是:在同一思维过程中,所使用的每一个概念或判断都有其确定的内容,而不能任意变换。

同一律的公式是:A 是 A。

常见的违反同一律要求的逻辑错误有:①在同一思维中必须保持概念自身的同一,否则就会犯"混淆概念"或"偷换概念"的错误。②在同一思维过程中必须保持论题自身的同一,否则就会犯"转移论题"或"偷换论题"的错误。

混淆概念或偷换论题是在论证中常见的逻辑错误。以上错误是在论证过程中把两个不同的论题(判断或命题)这样或那样地混淆或等同起来,从而用一个论题去代换原来所论证的论题。

2. 矛盾律

矛盾律的基本内容是:在同一思维过程中,两个互相矛盾或互相反对的思想不能同时是真的。

矛盾律的公式是:A 必不非 A。

矛盾律要求对两个互相矛盾或互相反对的判断不能都肯定,必须否定其中一个。否则,会犯"自相矛盾"的错误。"A 必不非 A"是说:A 和非 A 这两个命题不能同真,亦即其中必有一个命题是假的。

3.排中律

排中律基本内容是:在同一思维过程中,两个互相矛盾的思想不能同假,必有一真。

排中律的公式是:A 或者非 A。

模棱两可是一种常见的违反排中律要求的逻辑错误。所谓模棱两可,就是在两个互相矛盾的命题之间,回避作出明确的选择,不作明确肯定的回答,既不肯定,也不否定。

注意排中律和不矛盾律是有区别的。例如,有一个班级的同学分为四组,讨论世界上到底是先有鸡还是先有蛋的问题。第一组同学坚持,世界上先有鸡。第二组同学坚持,世界上先有蛋。第三组同学认为,既可以说世界上先有鸡,也可以说世界上先有蛋。第四组同学认为既不能说世界上先有鸡,也不能说世界上先有蛋。

显然,由于"世界上先有鸡"和"世界上先有蛋",是两个互相矛盾的命题,不能都真,也不能都假。第三组同学都加以肯定,犯了"自相矛盾"的错误;第四组同学都加以否定,犯了"模棱两可"的错误。第一组和第二组的同学如果错,都不是逻辑错误,而只是知识错误。

4.充足理由律

充足理由律是逻辑思维必须遵守的基本规律之一,它的内容是:在论证和思维过程中,要确定一个判断为真,必须有充足的理由。

充足理由律基本要求有三:一是要有理由,二是理由必须真实,三是理由能够必然地推导出论题。违反了这三条要求,就会犯"毫无理由""理由虚假""推导不出"的错误。

我们熟悉的不少名言都违背了充足理由律,如"商人重利轻别离",是白居易的名句,后人都以此来形容商人的唯利是图。其实从"商人重利"并不能推导出"轻别离",历史上有好多有情有义的商人,这句话违背了充足理由律,失之片面。

## 二、运用有效的推理形式

### (一)什么是推理

推理是由一个或几个已知的判断(前提)推出新判断(结论)的过程。

推理往往要借助复句的语言形式来体现。

1.条件关系

(1)充分条件关系:只要 A,就 B(有 A 就有 B,有 B 则不一定有 A)。

(2)必要条件关系:只有 A,才能 B(有 A 未必有 B,有 B 一定有 A)。

(3)无条件关系:除非 A,才(不)B;无论 A,都 B。

2.假设关系

偏句提出一种假设,正句说出结论。

(1)偏句假设条件实现,结果就能成立:如果 A,就 B。

(2)偏句与正句语意相悖,假设与结果不一致。偏句先退一步说,把假设当作实现而改变结论,这种句子更强调正句。即使 A,也 B。

3. 选择关系

(1)或此或彼：与其 A,不如 B;或者 A,或者 B。

(2)非此即彼：不是 A,就是 B。

(3)取此舍彼：宁可 A,也不 B。

用复句表达时,不要用虚假的前提进行推理,也不能滥用关联词,强加因果,更不能把各种逻辑关系搞混。

## (二)常见的推理形式

按推理前提数量划分,有直接推理、间接推理;按推理过程的思维方向划分,主要有演绎推理、归纳推理、类比推理和假言推理。

### 1. 演绎推理

所谓演绎推理,是指从一般性的前提得出特殊性的结论的推理。

例如:贪赃枉法的人是必定会受到惩罚的,你们一贯贪赃枉法,所以,你们今天是必定要受到法律的制裁和人民的惩罚的。这里,"贪赃枉法的人是必定会受到惩罚的"是一般性前提(大前提),"你们一贯贪赃枉法"是特殊性前提(小前提)。根据这两个前提推出"你们今天是必定要受到法律的制裁和人民的惩罚的"这个特殊性的结论。

上例是演绎推理中最常见的"三段论"式推理。

三段论是指借助一个共同词项,将前提中的两个性质命题联结起来,从而推出一个新的性质命题的推理。一个正确的三段论有且仅有三个词项:其中联系大小前提的词项叫中项,在前提中出现两次;出现在大前提中,又在结论中做谓项的词项叫大项;出现在小前提中,又在结论中做主项的词项叫小项。

三段论推理规则如下:①在一个三段论中,必须有而且只能有三个不同的概念;②中项在前提中至少必须周延一次;③大项或小项如果在前提中不周延,那么在结论中也不得周延;④两个否定前提不能推出结论,前提之一是否定的,结论也应当是否定的,结论是否定的,前提之一必须是否定的;⑤两个特称前提不能得出结论,前提之一是特称的,结论必然是特称的。

"三段论"的变式,有的省略大前提,有的省略小前提。如果不能正确运用"三段论",就会犯常"不合逻辑"的语病。

### 2. 归纳推理

归纳推理是从个别到一般,即从特殊性的前提推出普遍的一般结论的一种推理。

例如:在奴隶社会里文学艺术有阶级性,在封建社会里文学艺术有阶级性,在资本主义社会里文学艺术有阶级性,所以,在阶级社会里,文学艺术是有阶级性的。

### 3. 类比推理

类比推理是指从特殊性的前提得出特殊性的结论的推理。一般情况下,这种推理根据两个事物的某些属性上的相同,推出这两个事物在其他属性上也相同的结论。

例如:我们在动物、植物中发现细胞,又在植物细胞中发现了细胞核,由此类比,推导出在动物细胞中也有细胞核,后来用显微镜观察,果然在动物的细胞中发现了细胞核。

### 4. 假言推理

假言推理是指根据假言命题的逻辑性质进行的推理。它分为充分条件假言推理、必要条件假言推理和充分必要条件假言推理三种。

(1)充分条件假言推理。充分条件假言推理是根据充分条件假言命题的逻辑性质进行的推理。该推理有两条规则：

①规则一：肯定前件，就要肯定后件；否定前件，不能否定后件。

②规则二：否定后件，就要否定前件；肯定后件，不能肯定前件。

(2)必要条件假言推理。必要条件假言推理就是前提中有一个必要条件假言命题，并且根据必要条件假言命题的前后件之间的关系所进行的推理。对必要条件假言命题来说，前件是后件的必要条件。该推理也有两条规则：

①规则一：否定前件，必须否定后件；肯定前件，不能肯定后件。

②规则二：肯定后件，必须肯定前件；否定后件，不能否定前件。

(3)充分必要条件假言推理。充分必要条件假言推理是根据充分必要条件假言命题的逻辑性质进行的推理。充分必要条件假言推理有两条规则：

①规则一：肯定前件，就要肯定后件；肯定后件，就要肯定前件。

②规则二：否定前件，就要否定后件；否定后件，就要否定前件。

## 三、采用合理的论证方法

### (一)论证方法的概念

论证方法是指阐述自己的观点后，对其加以证明，使自己的观点有了一个证明所使用的方法。

### (二)论证方法的种类

论证方法有多种，如举例论证、道理论证、引用论证、对比论证、比喻论证、类比论证、演绎论证、归纳论证、因果论证等。常用的论证方法有以下几种：

(1)举例论证：通过典型事例加以论证，从而使论证更具体、更有说服力。

(2)道理论证：通过讲道理的方式证明论点，使论证更概括、更深入。

(3)比喻论证：通过比喻进行证明，使论证生动形象、浅显易懂。

(4)对比论证：对比论证的作用就是突出强调。

(5)引用论证：其作用要具体分析。如引用名人名言、格言警句、权威数据，可以增强论证的说服力和权威性；引用名人佚事、奇闻趣事，可以增强论证的趣味性，吸引读者。

---

**写作实践**

(1)请参照材料一的推断方式，合理反驳对方的观点。

材料一：李贺考进士，反对者说：他父亲名字中的"晋"与进士的"进"谐音，按照避讳的原则，他不能考进士。韩愈反驳说：如果这样的话，①那么父亲叫"仁"，儿子就不能做人了吗？

材料二：有人说，好的作品永远是少数人的专利品，作品的水平越高，看懂的人必定就越少。鲁迅反驳说：如果这样的话，_____②_____？

材料三：一个学生表示对语文缺乏学习兴趣，他说：我的梦想是像爱因斯坦一样，写出一部伟大的科学著作。语文老师反驳说：如果这样的话，_____③_____？

(2)校团委举行"信息时代青年人的媒介素养"主题研讨会。请结合下列材料写一篇发言稿，说说你的感受与思考。

互联网的普及将人类带入了信息时代,人们获取信息、传播信息变得快速、简易。但它也给人们带来了前所未有的挑战:人们接触到的海量信息真伪难辨,"不信谣、不传谣"由于人们分辨不出"谣"而有时难以做到,各种"反转"屡屡出现;互联网的匿名性使网上交流的人们日益情绪化,理性的声音被情绪的宣泄淹没,人们动辄"互撕",站队骂架时有发生,语言充斥暴力;人们被互联网牵着鼻子走,被各种"投喂"信息包围,摆在你面前的,永远是你想看到的信息。

## 第八课

## 文体与文风——应用文写作

**话题导引**

　　应用文写作实际上是一个用书面形式传递信息和与对方交流的过程。要使交流产生预期的效果，作者必须心里装着相应的读者，具有与读者沟通的意识，了解必要的沟通方法。预科阶段主要掌握三大类应用文的写作，一是书信类应用文，二是说明类应用文，三是便条类应用文。

### 一、书信类应用文

书信类应用文主要介绍以下六种：书信、倡议书、演讲稿、申请书、介绍信、证明信。

#### （一）书信

书信一般包括以下五个部分。

1. 称呼

信纸第一行顶格写，后面加冒号。

2. 礼貌语

另起一行空两格写。

3. 正文

第二行空两格写起，转行顶格。可有若干段落。

4. 祝颂语

正文结束后另起一行开头空两格写"此致""祝"等，不用标点，再另起一行顶格写祝愿的话，如"敬礼""身体健康"等，后用感叹号。

5. 署名和日期

一般写在祝颂词下行的右下方，分两行署名和日期，署名时也可带上自称。

书写信封时要注意：收信人的姓名、称呼位置居中。称呼是邮递员对收信人的称呼，不宜写"父母大人""姐姐"等称呼，可写"同志""先生""女士"等。

#### （二）倡议书

倡议书的内容需包括以下方面。

1. 标题

倡议书标题一般在第一行正中,用较大的字号写直接"倡议书"三个字,也可以加上倡议内容,如"关于节约用电的倡议书"。

2. 称呼

第二行开头顶格写向谁提倡议。有的倡议书也可不用称呼,而在正文中指出。

3. 正文

一般在第三行空两格起写正文。正文至少包括以下两部分内容。

(1)写倡议书的背景原因和目的。倡议书的发出贵在引起广泛的响应,只有交代清楚倡议活动的原因,以及当时的各种背景事实,并申明发布倡议的目的,人们才会理解和信服,才会自觉行动。这些因素交代不清就会使人觉得莫名其妙,难以响应。

(2)写明倡议的具体内容和要求。这是正文的重点部分。倡议的内容一定要具体化,如开展怎样的活动,都做哪些事情,具体要求是什么,倡议的价值和意义都有哪些均需一一写明。倡议内容如较多要分条开列,这样写往往清晰明确,一目了然。

4. 结尾

结尾要表示倡议者的决心和希望或者写出某种建议。倡议书一般不在结尾写表示敬意或祝愿的话。

5. 落款

落款即在右下方写明倡议者的单位、集体或个人的名称,署上发出倡议的日期。

## (三)演讲稿

演讲是演讲者与听众、听众与听众之间的三角信息交流,演讲者不能以传达自己的思想和情感、情绪为满足,他必须能控制住自己与听众、听众与听众情绪的应和与交流。所以,为演讲准备的稿子就具有以下三个特点。

第一,针对性。首先,作者提出的问题是听众所关心的问题,评论和论辩要有雄辩的逻辑力量,要能为听众所接受并使其心悦诚服;其次,要根据不同场合和不同对象,为听众设计不同的演讲内容。

第二,可讲性。演讲的本质在于"讲",而不在于"演",它以"讲"为主,以"演"为辅。由于演讲要诉诸口头,拟稿时必须以易说能讲为前提。演讲稿的要求则是"上口入耳"。

第三,鼓动性。演讲是一门艺术。好的演讲自有一种激发听众情绪、赢得好感的鼓动性。如果演讲稿写得平淡无味,毫无新意,即使在现场"演"得再卖力,效果也不会好,甚至相反。

为此,撰写演讲稿要注意以下几个方面。

(1)有标题。

(2)顶格写称谓语,常用"同学们""朋友们",也可以加定语渲染气氛,如:"亲爱的老师"。

(3)下一行空两格写问候,如:大家好。

(4)正文。

①开头。开头可以有以下形式:开门见山,揭示主题;说明情况,介绍背景;提出问题,引起关注。

②主体。演讲稿的形式比较活泼,注意构筑演讲高潮。演讲稿的高潮要体现三个特点:一是思想深刻、态度明确,最集中体现演讲者的思想观点;二是感情强烈,演讲者的爱恶、喜怒在这里得到尽情宣泄;三是语句精炼。

③结尾。结尾给听众的印象,往往将代表整个演讲给听众的印象。要言简意赅、余音绕梁、能够使听众精神振奋,并促使听众不断思考和回味。结尾的结构包括引导式、希望式、感慨式和抒情式。

### (四)申请书

申请书的内容需包括以下方面。

1. 标题

第一行居中写明"申请书"或"××申请书"。

2. 称呼

换行顶格写接收申请书的单位(组织)名称或领导同志姓名,后用冒号。

3. 正文

另起一行空两格写内容,语言一定要恳切。内容应包括以下四个方面:

第一,申请什么;

第二,提出申请的目的和理由(理由要充分);

第三,表明自己的态度或决心、愿望等;

第四,请求批准(考验)之类的用语。

4. 礼貌语

礼貌语指表示敬意之类的专用语。

5. 落款

落款包括署名、日期,分两行写在正文右下方。

### (五)介绍信

介绍信是用来介绍被派遣人员的姓名、年龄、身份、政治面貌、接洽事项等情况的一种专用书信。介绍信的内容需包括以下方面。

1. 标题

标题在第一行。正中写"介绍信"三个字,字号要大些。

2. 开头

顶格写联系单位或个人的称呼。

3. 正文

另起一行,空两格起写介绍信的内容。首先,说明持介绍信者的姓名、年龄、政治面貌、职务,其中,年龄、政治面貌有时可不写;其次,写要接洽的事项和向接洽单位或个人提出的希望,这段各内容不必分段。

4. 敬语

写祝愿和表示敬意的话,如"此致""敬礼"等。

5. 落款

单位名称另起一行写在右下方,加盖公章。署名下写年、月、日。

介绍信应注意事项如下:

(1)要填写持介绍信者的真实姓名、身份,不得冒名顶替。

(2)接洽和联系事项要写得简明扼要,办什么事就写什么事,与此无关的不写。

(3)重要的介绍信要留存根或底稿,存根或底稿的内容要同介绍信正文完全一致,并由开具介绍信的人认真核对。存根或底稿要留存,以备查考。
(4)书写工整,不得任意涂改。如有涂改,涂改处必须加盖公章,否则,对方可以不予接待。

## (六)证明信

证明信的内容需包括以下方面。

1. 标题

在第一行居中写"证明信"三字。

2. 称谓

标题下一行顶格写收信单位名称,其后加冒号。

3. 正文

另起一行空两格写清需要证明的事项。

4. 结尾

另起一行,前空两格,写"特此证明",以收束全文。

5. 落款

在正文右下方先写明证明单位名称或个人姓名,并加盖公章或私章。在落款的下方写明具体的年、月、日。

6. 有效期

有时还需写上有效期。在结尾下写上"有效期×天"或"×年×月×日前有效"等字样。

## 二、说明类应用文

关于说明类应用文,这里主要介绍三种:通知、启事、证明信。

### (一)通知

通知的内容包括以下方面。

1. 标题

写在第一行正中。可只写"通知"二字,如果事情重要或紧急,也可写"重要通知"或"紧急通知",以引起注意。有的还在"通知"前面写上通知的主要内容,如"关于临时调整借书时间的通知"。

2. 称呼

写被通知对象的姓名或单位名称。在第二行顶格写。有时,因通知事项简短,内容单一,或正文中已包含通知对象,书写时可略去称呼,直起正文。

3. 正文

另起一行,空两格写正文。正文因内容而异:
(1)开会的通知要写明开会的时间、地点、参加会议的对象以及开什么会,还要写明要求。
(2)布置工作的通知,要写清所通知事件的目的、意义以及具体要求和做法。

4. 落款

落款分两行写在正文右下方,一行署名,一行写日期。通知的落款一般不用礼貌语。

### (二)启事

常用的启事有征稿(文)启事、寻物(人)启事、招领启事(失物招领)。这类应用文的内容一般都是由标题、正文、落款三部分组成。

1. 征稿(文)启事

(1)标题。第一行居中写明"征稿(文)启事",或"征文主题+征文启事",如"爱我中华"征文启事。

(2)正文。征稿启事的正文一般要求写明以下几项内容:

①征文的缘由、目的。

②征文的具体要求。征文的具体要求视征文的情况而定,通常可以包括以下内容:征文的内容(主题)、体裁、字数、截稿日期、稿件要求、交送办法等。

(3)落款。落款要注明征文举办单位的名称、发文日期。

2. 寻物(人)启事

(1)标题。第一行居中写明"寻物(人)启事",或"寻物(人)主题",如"寻找×××"。

(2)正文。如果寻物,正文中要对所丢物品时间、地点、数量、物品特征尽可能写详细。如果寻人,正文要将丢失人的姓名、性别、丢失的时间和地点写清楚。要对丢失人的状态进行描述,包括外貌、口音和所穿的衣服或是特别标识等,特别要强调鲜明的物理特征。如果有照片最好在旁边附上。最后写清联系方式,如有必要还可以写明给予酬劳之类的话语。

(3)落款。要写明单位名称或写明跟踪通知人员的姓名和日期。

3. 招领启事(失物招领)

(1)标题。标题有三种写法,一是写"招领"二字,二是写"失物招领"四字,三是写"招领启事"。

(2)正文。正文是写某人在某时某处拾到什么失物,失主前来认领,如果物品中内容较多,例如是一个钱包,内装多种物品,可简要列出其内容名称,但是不要详细列出,尤其不要写出具体金额。

(3)落款。要写明认领地址或联系方式,尤其注明认领地址或联系电话等,最后标明发文日期。

## (三)证明信

证明信是以机关、团体、单位或个人证明一个人的身份或一件事情,供接受单位作为处理和解决某人某事的根据的书信。

不论是哪种形式的证明信,其结构都大致相同,一般都由标题、称呼、正文、落款等构成。

1. 标题

证明信的标题通常由以下两种方式构成:单独以文种名作标题,一般就是在第一行中间冠以"证明信""证明"字样;由文种名和事由共同构成标题,一般也是写在第一行中间,如"关于×××同志××情况(或问题)的证明"。

2. 称呼

要在第二行顶格写上受文单位名称或受文个人的姓名称呼,然后加冒号。

有些供有关人员外出活动证明身份的证明信因没有固定的受文者,开头可以不写受文者称呼,而是在正文前用公文引导词"兹"引起正文内容。

3. 正文

正文要在称呼写完后另起一行,空两格书写。

要针对对方所要求的要点撰写正文,只写需要证明的问题,不写其他无关的内容。如证明的是某人的历史问题,则应写清人名,以及该人在何时、何地及所经历的事情;若要证明某一事件,则要写清参与者的姓名、身份,及其在此事件中的地位、作用和事件本身的前因后果,也就是要写清人物、事件的本来面目。

正文写完后,要另起一行,空两格写上"特此证明"四个字,也可直接在正文结尾处写出。

4. 落款

落款即署名和写明成文日期。要在正文的右下方书写证明单位或个人的姓名称呼,成文日期写在署名下另起一行,然后由证明单位或证明人加盖公章或签名、盖私章,否则证明信将是无效的。

## 三、便条类应用文

对于便条类应用文,在这里主要介绍六种:请假条、留言条、借条、领条、欠条、收条。

### (一)请假条

请假条的内容包括以下方面。

1. 标题

第一行居中写明"请假条"。

2. 称呼

第二行顶格写,后用冒号。

3. 正文

另起一行空两格写请假内容,交代请假原因(要实事求是)、请假起止时间并请求准假。

4. 结尾

写表示敬意之类的专用语或特别注明的内容。

5. 落款

落款包括署名、日期,分两行写在正文右下方,一行署名,一行写日期(当前写请假条的时间)。

### (二)留言条(便笺)

留言条大多在访问不遇时使用,写法较随意。

可以不用标题,署名和时间比较随便,对熟悉的人,只写姓氏加上"即日"就可以了,对不大熟悉的人,要写出全名和具体日期。

### (三)借条

借条是一种借钱财物品的凭证,是索要被借财物的依据,主要由三部分组成。

1. 标题

应在正中(第一行中间位置)写凭条的名称,如"借条"或"今借到"字样,如果替别人代借,应在"借"前加"代"字。

2. 正文

首先写明被借单位名称或个人姓名,其次写明所借财物名称和数额,最后写明归还的具体期限。

正文结束后,另起一行空两格写"此据"。

3. 落款

在右下角分两行署上借财物单位或个人姓名和具体日期。单位借款、借物应加盖公章,并标明经手人的姓名,还可加盖私章。

注意:所有财物数据均应用大写(壹贰叁肆伍陆柒捌玖拾佰仟萬),并且前后不能留空,中间不能换行,否则极易被修改,导致不必要的麻烦。重要物品一定要注明品种、编号和特性等。

## (四)领条

领条是领到物品的单位或个人,写给物品发放方的文字凭据。写领条时,首先要与物品发放方当面点清所领物品的品种和数量。领条的格式与借条相同。

特别强调:领条的正文内容要写清发放物品的单位(或个人)的名称、领到物品的数量和品种等。在给重要的领条署名时,既要写领物人所在单位的名称,加盖公章,还要写领物人的姓名。

## (五)欠条

欠条是欠某单位或某个人的款或物而写的欠据。它是收款物者向欠款物者索取所欠款物的依据。所欠款物还清后一定要收回或销毁欠条。

欠条的结构与借条、领条相同。

## (六)收条

收条是收到对方东西时给对方开出的凭条,要求写明何时收到何物,并标明数量。
如果是代人收的话应当写"代收条"。

# 四、互联网上的那些事

## (一)博客

博客,又译为网络日志,是一种通常由个人管理、不定期张贴新的文章的自由媒体。在中国大陆有人往往将 blog 本身和 blogger(博客作者)均音译为"博客"。博客上的文章通常根据张贴时间,以倒序方式由新到旧排列。

1. 博客的分类

博客主要可以按照以下方式分类。

按照功能,可分为基本博客、微型博客。

按照博客主人的知名度、博客文章受欢迎的程度,可分为名人博客、一般博客、热门博客等。

按照博客内容的来源,可分为原创博客、非商业用途的转载性质的博客以及二者兼而有之的博客。

按存在方式,可分为托管博客、自建独立网站的博客、附属博客。

2. 博客的经营诀窍

(1)了解你的读者。积极回应评论;接受批评,且不介意批评。

(2)内容为王。内容要独特、与时俱进,且时常更新。

(3)版式新颖。

## (二)微小说

微小说的特征如下:

(1)介于短篇小说和散文之间的一种边缘性的现代新兴文学体裁,具有小小说"篇幅短小""单一性原则""人物单纯""细节精简""情绪简单""时距简短""风格单纯""语言简约"等特点。

(2)结局出乎意料,超乎常人的想象,具有新意。

(3)随时与读者互动。因发表于网上,读者可以随时参与讨论,作者也可以随时回复读者。

### 写作实践

(1)突然想写个故事,可是没那么多时间,也没那么多精力,最终只好放弃。后来,有了微小说,我们才发现原来故事可以如此精彩,却如此简练!140个字浓缩的精妙你体会过没有?140个字简洁的乐趣你尝试没有?140字还可以节约多少冥思苦想的打字时间!随时随地灵感一来就是一个完整故事!今天你灵感突发了吗?那就快快写下来!

(2)某社团招新,使用了网络流行语:"你要搞清楚自己人生的剧本——不是你父母的续集,不是你子女的前传,更不是你朋友的外篇。"对此,你有何思考与感悟?引起你怎样的联想?请任选一个角度,写一篇不少于800字的文章。

# 第九课

## 感受与思考——我的预科一年级

### 话题导引

### 一、作文的三个阶段

梁实秋

**第一个阶段：无从下笔**

我们初学为文，一看题目，便觉一片空虚，搔首踟蹰，不知如何落笔。无论是以"人生于世……"来开始，或以"时代的巨轮……"来开始，都感觉得文思枯涩难以为继，即或搜索枯肠，敷衍成篇，自己也觉得内容贫乏，索然寡味。胡适之先生告诉我们："有什么话，说什么话；话怎么说，就怎么说。"我们心中不免暗忖：本来无话可说，要我说些什么？有人认为这是腹笥〔腹笥（sì）比喻记忆的书籍。笥，书箱。语出《后汉书·文苑列传》："腹便便，五经笥。"〕太俭之过，疗治之方是多读书。"读万卷书，行万里路"，固然可以充实学问增广见闻，主要的还是有赖于思想的启发，否则纵然腹笥便便，搜章摘句，也不过是诠释之学，不见得就能作到"文如春华，思若涌泉"的地步。想象不充，联想不快，分析不精，辞藻不富，这是造成文思不畅的主要原因。

**第二个阶段：一泻千里**

渡过枯涩的阶段，便又是一种境界。提起笔来，有个我在，"纵横自有凌云笔，俯仰随人亦可怜"。对于什么都有意见，而且触类旁通，波澜壮阔，有时一事未竟而枝节横生，有时逸出题外而莫知所届，有时旁征博引而轻重倒置，有时作翻案文章，有时竟至"骂题"，洋洋洒洒，拉拉杂杂，往好听里说是班固所谓的"下笔不能自休"。也许有人喜欢这种"长江大河一泻千里"式的文章，觉得里面有一股豪放恣肆的气魄。不过就作文的艺术而论，似乎尚大有改进的余地。

**第三个阶段：学会割舍**

作文知道割爱，才是进入第三个阶段的征象。须知敝帚究竟不值珍视。不成熟的思想，不稳妥的意见，不切题的材料，不扼要的描写，不恰当的词字，统统要大刀阔斧地加以删削。芟（shān，删除）除枝蔓之后，才能显着整洁而有精神，清楚而有姿态，简单而有力量。所谓"绚烂之极趋于平淡"，就是这种境界。

文章的好坏，与长短无关。文章要讲究气势的宽阔、意思的深入，长短并无关系。长短要求其适度，性质需要长篇大论者不宜过于简略；性质需要简单明了者不宜过于累赘，如是而已。所以文章之过长过短，不以字数计，应以其内容之需要为准。常听见人说，近代人的生活忙碌，时间特别宝贵，对于文学作品都喜欢短篇小说、独幕剧之类，也许有人是这样的。不过我们都知道，长篇小说还是有更多的人看的；多幕剧也有更多的观众。人很少忙得不能欣赏长篇作品，倒是冗长无所谓的文字，哪怕只是一两页，恹恹无生气，也令人难以卒读。

文章的好坏与写作的快慢无关。顷刻之间成数千言，未必斐然可诵，吟得一个字拈断数根须，亦未必字字珠玑。我们欣赏的是成品，不是过程。袁虎倚马草露布（语出《世说新语·文学》。露布，不缄封的文书），"手不辍笔，俄得七纸"，固然资为美谈，究非常人轨范。文不加点的人，也许是早有腹稿。我们为文还是应该刻意求工，千锤百炼，虽不必"掷地作金石声"，总要尽力洗除一切肤泛猥杂的毛病。

文章的好坏与年龄无关。姜愈老愈辣，但"辣手作文章"的人并不一定即是耆耋。头脑的成熟，艺术的造诣，与年龄时常不成正比。不过就一个人的发展过程而言，总要经过上面所说的三个阶段。

## 二、捕捉"动情点"

白居易说过一句至理名言："感人心者，莫先乎情。"英国诗人塞缪尔·柯尔律治也说过类似的道理："只有动情写成的作品才能动人以情。"同样的话在狄德罗那里也可以见到："没有感情这个品质，任何笔调也不可能打动人心。"可见，作者的"动情点"恰恰就是阅读者的共鸣点。

### （一）何为"动情点"

"动情点"即情感的触发点，通过它能够引起我们的种种情思。古人见柳思别离、望月念故人、赏秋悲人生、遇水生愁绪，为什么呢？道理很简单，在那一刻，柳、月、秋、水就是诗人的"动情点"，就是和心境吻合的情感触发点。

很多观众对有的节目主持人产生了审美疲劳，不是他们主持得不好，而是他们习惯于只把握一种"动情点"——落泪。单一的动情形式演变成固定的煽情方法，看多了自然就会失去兴趣。实际上，人在不同事物面前会产生不尽相同的"动情点"，即使是在同一事物面前，不同的人有时候也会有所不同。有时候一个人在类似情况面前也会因为年龄的变化、经历的增多、立场角度的改变而触发不同的"动情点"。我们都很熟悉每年的3·15晚会，面对揭露出来的质量问题，受害群众觉得无比气愤，没遇到此事的群众也担心不已，而制假、售假者却害怕自己被曝光。他们的"动情点"一样吗？

同样是看一部电影，观众会出现多次的高潮反应，一方面是因为电影本身创设了多个"动情点"，另一方面，每个人的动情点又是不一样的。人有喜怒哀乐愁等多种感情，当你看见沿街乞讨的人时会心生怜悯，当你遇到儿时伙伴时会喜出望外，当你听说坏人坏事时会义愤填膺，当你面对挫折时会沮丧彷徨。更深一步，只是一个"哭"，失去亲人时是伤心欲绝的哭，久别重逢时是喜极而泣的哭，身陷困境遇人帮忙时是感动的哭，有时候甚至是含泪的微笑，那到底是笑还是哭呢？为什么笑，又为什么哭？哭哭笑笑里面蕴涵的是什么？

知道了"动情点"的特点和表现形式，就应该学会适时地抓住"动情点"。

## （二）如何抓住"动情点"

是否自觉地、有意识地捕捉自己的"动情点"很重要。当自己内心出现这样或那样的波澜时一定要抓住它，以它作为写作的绝好契机，否则就会是雨打地皮湿，干了连一点儿痕迹都没有留下。怎样抓住"动情点"呢？那就是在恰当的时候多问自己一个为什么。当你愤慨时，问自己"我为什么愤慨"？寻找到愤慨的原因其实就找到了更多的写作素材。比如说看朱自清先生的《背影》的时候，很多人都会被感动。尤其是看到身材臃肿、动作蹒跚的父亲翻过铁道去买橘子的片段，眼眶都会觉得湿润了。为什么会这样呢？无非是阅读者想起了自己的父亲，想起了围绕在自己身边的父爱，也许自己身上发生的故事会一件一件蹦出来。这个时候，抓住"动情点"，选取众多材料中的精彩事件就能够形成一篇真实感人的好作文。抓住了"动情点"，就等于抓住了写作的"领子"，就再不会出现面对作文题目无话可说、不知从何说起，或是东拉西扯、乱说一通的情况。

想抓住"动情点"，就必须丰富自己的人生体验。正所谓经历得越多，感受得越多。就好像议论文的写作需要有论据的积累一样，情感体验越丰富，就越能够感受到人生的酸甜苦辣，也就越能够受到外界的激发，产生共鸣的冲动和倾诉的欲望。作为老师，帮助学生强化某些人生体验的感受对于学生的情感积累是很有帮助的，比如：经常朗读或印发一些优秀的、饱含感情的文章，引导学生对某种情感反复揣摩；运用多媒体展示经典的图片或照片，以文字之外的方式刺激学生平时没有注意到的或是感受不深的某类情感；寻找旋律优美、歌词蕴涵丰富情感意味的歌曲给学生听。从几个角度一起下手，激发学生心灵的共振。有条件的学校，甚至可以播放感人的电影片段、Flash 等。事实证明，这些方法带来的情感体验、情感强化效果很好，有时甚至具有震撼性。

想抓住"动情点"就必须学会思考生活、思考人生。每个人都会有自己的人生经历，有的人过完了就忘了，而有的人却在经历之后有所思索。感情是感性的东西，但感情也需要理性的思考作为指导，否则就是盲目的感情。举个简单的例子，有个学生看见自己的同学对待家长态度很粗暴，觉得很惊讶，很气愤，认为这样做是不对的。如果就到此为止，那他的情感体验是浅层次的，只停留在就事论事的层面上。但是他一下子联想起，自己也曾经以这样的口气和妈妈说话，于是眼前那个尴尬而伤心的妈妈就幻化成了自己的妈妈，认识马上上升到了自责悔恨的层面，上升到了如何去爱自己的父母的层面，这就是对生活现象有了思考。

## （三）"动情点"与文章结构的关系

"'动情点'决定全文的高潮，也牵动全文的结构。"要想透彻地理解这句话，就必须先搞清楚两个概念："横断面"和"纵断面"。

首先，"横断面"和"纵断面"关系到选材问题。

我们在选材的时候，一般都会截取某个片段、某个场景，既然是"截"，就是横切面，纵着切其实应该叫"劈"。"截"出来的材料一般是在某个时间平面发生的事件，而"劈"出来的材料则是时间跨度长、涉及人物多，甚至涉及地域面积广的众多事件。对于一篇字数有限的作文来说，"横断面"和"纵断面"哪一个更好把握，更有利于集中表现主题呢？

借鉴朱自清先生的《冬天》一文就是很典型的截取"横断面"的例子。作者所选取的生活中的三个"横断面"之间并不存在任何因果关系，却共同服务主题，表现主题。如果作者从小时候写起,事无巨细,一直写到最后妻子辞世,多长的篇幅才能够容得下呢?

其次,"横断面"和"纵断面"关系到谋篇布局的问题。

选好材料之后,如何处理材料内部结构就是谋篇布局的"横""纵"问题。形象地说,把材料拉扁了就是"横",把材料伸长了就是"纵"。细致生动的细节描写、场面描写等就是"横",前因后果、发展变化就是"纵"。少了"横",文章就会干瘪无物,少了"纵",文章就是一马平川,所以,文章的谋篇布局离不开"横断面"和"纵断面"。

曹禺先生的代表作《雷雨》只通过周家客厅一个场景,周朴园、鲁侍萍、鲁大海三个人的对话,就把三十年间发生的许多事情交代清楚了,运用的就是插叙和回顾的写作手法。

无论是看小说,还是看电影,让人们落泪的不是长篇累牍的道理说教,而是真情的流露,哪怕只是一个眼神、一段旋律。华丽的衣服固然漂亮,但真情能够让最朴素的衣服变得熠熠生辉。真情是雪中送炭,而多样的技巧则是让文章更加漂亮的锦上添花。写文章离不开"雪中送炭",也不能少了"锦上添花",摆正二者的位置,处理好二者的关系,不仅能够避免华而不实的文风,更能够创作出文质皆美的好文章!

## 佳作欣赏

## 他让我告诉你

### 王佳佳

外婆,进屋来吧,你看,对门山头的太阳已经下去了。入秋了,晚风凉。我想跟你说说话,是外公让我告诉你的。

他让我告诉你,往后莫再顿顿做那么多的饭。他说这二十多年他每顿都吃得很饱,因为你每次都恨不得做一锅饭,恨不得外公回回都吃个四五碗。年轻的时候他吃了不少苦,生活好了你要让他顿顿吃得好好的。他说你舍不得倒饭,所以你们几乎天天吃剩饭。以后他不能跟你一块儿拾掇剩饭了,天热的时候可一定要少下点米,热天饭坏得快,吃了可不好。外婆,你要记好啊!

他让我告诉你,水缸在放水的时候你不要走开,等水放满,把龙头关了再出厨房。他说你记性不好,只要你一个人在家,你只知道开龙头却记不得关,每次都让水流出来,弄得厨房里到处是水。地上湿漉漉的,你会滑倒。以前每次都是外公跟着你进厨房,往后可没人搀你了。外婆,你要记好啊!

他让我告诉你,要像他教你的那样吃药。先把药盖子放桌上,把每个药瓶里的药倒在瓶盖里,吃完一种药就把盖子盖上,这样你就不会吃错了。他说那次你把药吃重以后就脑袋不清醒,一直说胡话,谁都不认得。那次他吓得好很啊!幸亏抢救及时,你住了一个星期医院就好了。那么多药瓶子按你以往的吃法,肯定还会出问题。他让你按他不久前教你的方法吃。外婆,你要记好啊!

他让我告诉你,我们家菜地那个田埂窄,土又松又光,你往后去菜地别忘了拄拐杖。往后可没人在门口扯着嗓子喊住你给你送拐杖,没人拉着你从地边儿上走,也没人跟你叫:"老婆子,慢慢儿的噢!"你要是在地里摔了可不一定喊得来人啊。他还让我跟你说,估摸着要变天的时候就一次到园子里多摘些菜,下雨天不要到菜园里去,那黄土又粘又滑,走一趟脚上带好大一坨泥巴,回家难刮干净。外婆,你要记好啊!

最后,外公还让我告诉你,不要每天傍晚都倚在门框那儿往对门山上看了,已经听不到山顶上的咳嗽声了,早点儿进屋吧,天越来越凉了,临黑的风冷得很……

【编者按】理科的女孩自认作文写得很烂,在《他让我告诉你》这篇作文中,她没有用华丽的辞藻,通篇连一个成语都找不到,却在全国近40万篇参赛作品中脱颖而出,夺得第十三届新世纪杯全国中学生作文大赛唯一特等奖。这个女孩叫王佳佳。对于这次获奖,王佳佳深感意外,"我觉得自己的作文写得并不好,只是把心里想的用平实的语言写了出来,就跟平常说话一样。每次看到其他同学的文章文采飞扬,我都很羡慕,觉得自己的水平跟他们比真是差远了。"王佳佳一眼就看到这个标题,脑海里立即浮现出慈爱可亲的外婆,想到外婆对自己的疼爱,想到外公、外婆之间深厚的感情,她提起笔一气呵成,整篇作文仅用了20分钟。

### 写作实践

(1)阅读下面的文字,写一篇少于800字的文章。

有两段树根,一段被雕匠雕成了神,一段被雕成了猴。于是两段树根有了不同的命运:一段被人供奉膜拜,一段成了人的玩物。被雕成猴的树根埋怨雕匠说:"我们同是树根,命运却如此截然不同,都是因为你,我们的命运都是你一手雕刻而成的啊!"

"我哪有这等本事,去雕刻别人的命运!"雕匠感叹道,"其实,在雕刻你们之前,你们的命运就已经'成型'了。从土里出来的时候,你们一个像神,一个像猴,我只是按着你们的原貌略加雕刻而已。"

最后,雕匠叹了口气。缓缓说道:"所以,你们的命运并不是我雕刻的,而是你们的成长决定的,你们在泥土中那段成长的过程,就决定了你们最终的走向……"

(2)岁月匆匆,少年班的我们已走进花一样的季节,站在由少年走向青年的门槛上,站在由中学的预科一年级跨向大学的预科二年级的门槛上。清点行囊,我们会发现自己多了一份成熟,少了一份幼稚;多了一份思索,少了一份盲从;多了一份宽容,少了一份偏激;多了一份行动,少了一份幻想;还多了一份责任、理想与憧憬……请以"我的预科一年级"为话题,自拟题目,在与众不同之中,写一篇有真情实感,让人读来回味无穷的文章。

### 参考资料

教育统编义务教育语文教科书 高中语文必修上、下册,高中语文选择性必修上、中、下册